運び屋
円十郎《えんじゅうろう》

三本雅彦

文藝春秋

目次

装画
茂木たまな

装幀
征矢武

運び屋円十郎

運び屋円十郎

一

にわかに風が吹き始め、夜空を覆《おお》う厚い雲が流れていく。

——仕事に障《さわ》りが出るな。

雲の後ろに隠れていた満月が姿を現した。

円十郎《えんじゅうろう》は九月の明るい月に向かって大きな溜息を吐《つ》きたくなったが、どうにか抑え、代わりに覆面の中で虫のように細い息を吐《は》いた。

月の光が闇を追い払っていく。天水桶の隣で体を小さく丸めている円十郎は、目の前を右往左往している男たちが、足元にある探しものに気づかないことを願いつつ、足袋《たび》の中で固まってきた足指を曲げ伸ばしする。

一人の男が、訝《いぶか》しんで足を止めた。爪先が擦れた草鞋《わらじ》を履いている。そんなこともわかるほどの明るい光が迫っている。上手くいかないものだ、と円十郎は心中でつぶやき、足の裏に力を込める。

「いたぞ！」

男が声を張り上げると同時に、円十郎は天水桶の陰から飛び出した。男が腰の刀に手を伸ばす前に飛び掛る。男の頭に手を着き、肩を踏み台にして、もう一度高く跳んだ。宙で体を捻り、商家の一階の屋根に音もなく降り立つ。すぐに二階の庇《ひさし》に手をかけて体を引き上げる。

満月を追うように屋根の上を走った。男たちは路地から見上げつつ追いかけて来ている。円十郎は胸元に入れてある荷物を服の上から確かめた。こぼれ落ちるはずはないとわかっていても、手で触れないと不安だった。

「待て！」

背中に鋭い声がぶつかった。振り返ると、男が一人、円十郎と同じように屋根の上を走っている。

——腰に二本の刀を提げたまま、よく上ったものだ。

男は身軽なだけでなく、足も速かった。走りながら腰の大刀を抜き放つ。月光を受けて、刃は白く光った。

円十郎は足を止めて武士と正対する。背中からの攻撃は避けきれない。敵は一人だ。蹴落としたほうが安全になる。

瓦《かわら》が割れる音とともに、袈裟《けさ》切りが来た。生まれて初めて、殺気を込めて振られる刀を目の当たりにした。円十郎の胸が騒いだ。そして、血が沸いた。

——俺の技なら、決して劣らない。

円十郎は屋根の斜面を体を丸めて転がった。男は瓦に足を滑らせながらも詰め寄り、剣を横薙《よこな》ぎに振った。額を真一文字に裂こうとする刃を、円十郎は身を伏せて躱《かわ》す。蛇のように屋根を這い上がり、男の足元をすり抜けた。

立ち位置が入れ替わる。いつでも動けるように両膝を立てて屈む。男は振り返りながら刀を払った。脛《すね》に刃が迫る。立ち上がる勢いを活かして高く跳んだ。

月に吊り上げられるように跳躍した円十郎は、宙空で体を独楽《こま》のように回す。星の光が線になって過ぎ去る景色の中に、目を丸くしている男が見える。円十郎は回転の勢いを乗せた踵《かかと》を男の下顎にぶつけた。

男は酔っ払いのように体を揺らし、屋根の斜面を下っていき、不意に姿が消えた。屋根から落ちた先には男の仲間たちがいて、何人かが下敷きになったようだ。悪態と互いを心配する声が騒々しく重なる。

真剣を振るう武士を制した。高鳴る胸を抑え、円十郎は走り出した。隣の屋根との間は二間。この程度は跨《また》ぐようなものだ。屋根から屋根へと渡って行く。足元の喧騒はあっという間に遠くなっていった。

寝静まった江戸の町を飛び跳ねる円十郎の目に、古びた鳥居が入って来た。もう追手はいない。待ち伏せもなさそうだ。

安堵の息を吐きながら、円十郎は屋根の端から空に向かって跳躍した。初仕事を邪魔してきた忌々しい月と目が合った。片頬を引き攣《つ》らせたような顔をしている満月を一瞥し、両手両足を伸ばしたまま、燕《つばめ》のようにくるりと身を翻《ひるがえ》す。熱を持った全身を冷たい夜気が吹き抜けて、心地良かった。

木の葉のようにふわりと地に降りた円十郎は、鳥居をくぐって境内を歩きながら懐《ふところ》に手を突っ込み、中から油紙に包まれた荷物を引き出した。歩みを止めることなく、それを傍《かたわ》らにあるもう使われていない苔むした灯籠の火袋《ひぶくろ》へ差し入れる。円十郎は耳を澄ましながら境内を一周し、人の気配がないことを確認してから社を出た。

あとは閉ざされた町木戸をすり抜けて深川の塒《ねぐら》に戻れば、初めての仕事が終わる。

この〈運び屋〉という仕事は危険が多いと聞かされていたから、実際に刃を前にしても臆することはなかった。それどころか、練り上げてきた躰術《たいじゅつ》を存分に遣うことができる高揚感に胸が躍った。どうせ働くのなら、そういう仕事がいい。

安政五年（一八五八年）の九月。十八歳の円十郎は、月明かりの届かない細道に身を入れ、闇に溶け込む黒装束の乱れを整えながら、良い生業《なりわい》に出会えたと感じていた。

二

円十郎は江戸柳橋に並んでいる船宿の一つに入った。

命を振り絞るように鳴いている蟬の声は、屋内だろうと容赦なく円十郎の耳を震わせる。

立ち止まった途端に噴き出してきた汗を拭いながら、嫌な季節だと呟《つぶや》く。寒さと違い、暑さは防ぎようがない。円十郎は夏が得意ではなかった。

船宿〈あけぼの〉に客はいなかったが、一人の船頭と、円十郎の父である半兵衛が、庭に面した座敷の縁側に並んで腰かけている。二人は声もかけずに框《かまち》に上がった円十郎に目を向けただけで、声を潜《ひそ》めた会話に戻った。

「半兵衛《はんべえ》さん、今夜の賭場に野郎が来たら……」

「百も承知。心配無用」

半兵衛のかすれた声を背中で聞きながら、円十郎は階段を上る。半兵衛の体の調子は良いようだ。一年前は喋ることもままならないほど弱っていた。

賭場の用心棒や貸し付けた金銭の取り立てを生業とすることに思うところはあるだろうが、父にとってはこれで良かったのだ、と円十郎は改めて思った。

二階には客が使う部屋が二間あり、細い廊下の突き当りの小部屋に〈あけぼの〉の主がいる。円十郎はその部屋の襖《ふすま》を静かに横に滑らせた。

「やあ、待っていたよ」

七福神の恵比寿そっくりな男が、円十郎に笑顔を向けた。思わず手を合わせたくなる福々しい様子の男は、日出助《ひですけ》と言う。

「昨夜の運びも、恙《つつが》なく」

円十郎は着流しの裾を払って正座する。文机で書き物をしていた日出助は、目尻と口の端が繋がりそうな笑顔のまま、

「ご苦労さま。だいぶ慣れたかな？」

と、柔らかい声で言う。円十郎は苦笑いを浮かべて、

「日出助さん、もうすぐ一年になります。慣れましたよ」

「よし、よし」

何度も深く頷《うなず》く。気にかけてくれるのは有り難いが、何度も同じやり取りを繰り返していると、うんざりしてくる。日出助は文机の上に広げた帳面を捲った。

「ま、慣れた頃があぶないのさ。気を抜かないことだよ」

向けられた笑顔に、円十郎は小さく頷く。糸のようになっている両目が笑っていないことは、日出助を知っている者は皆、承知している。

日出助は船宿の主だが、それは表の顔だ。裏では様々な依頼を受けており、江戸の闇社会の中では、日出助の名は知られている。

初めて〈運び屋〉の仕事をしてから十ヶ月が過ぎていた。円十郎に運びの依頼が回って来るのは十日に一度ほど。刃を向けられることは度々あったが、出てくるのは匕首《あいくち》くらいのもので、初めての仕事に比べると物足りなさも感じていた。

だが〈運び屋〉としてはそれが一番だ。毎回のように白刃を掻《か》い潜《くぐ》るようでは命がいく

つあっても足りない。依頼の物を届けることもできない。託された荷物を指示された場所に運べないようでは、〈運び屋〉の商売は続かないのだ。

「あんたのお陰で、運びの依頼も増えてきていてね。半さんはもう、そっちでは使えないから、長生きしてもらわないと困るよ」

「……大丈夫です」

円十郎は小さく笑みを返した。まるで自分が早死すると言われたようで少し頬が引き攣ったが、日出助はまた、よしよしと頷いた。

「さて、今夜も一つ頼めるかな？　珍しく連日の仕事になってしまうけど」

「お任せください」

「運びの掟《おきて》、言ってご覧なさい」

これも毎回のことだ。〈運び屋〉として守らなければならないことを、依頼を受けるたびに言わされる。面倒ではあるが、気を引き締めるつもりで口に出す。

「一つ、中身を見ぬこと。二つ、相手を探らぬこと。三つ、刻《とき》と所を違えぬこと」

日出助が頷く。掟の一、二はつまり、誰が誰に何を渡そうとしているのかを知ろうとするなというものだ。

これは依頼人のためだけでなく、自分たちが厄介な目に遭わないようにするための掟でもある。安くない金を払って運ぶよう依頼するのだから、尋常な中身ではない。そのような荷物を誰に届けたか知ってしまっては、命がいくつあっても足りないだろう。

日出助が手元の帳面の一部を指差した。指が置かれた所には、

——根津権現、立ち木の虚《うろ》。玉池稲荷、祠《ほこら》の裏。丑三つまで。

と書かれている。その下に、丸に〈松〉の字があった。円十郎は、ぐっと拳を作る。

〈運び屋〉の仕事の格は、松・竹・梅と分けられている。

報酬と危険度は格に応じたものになる。〈松〉の仕事は滅多になく、円十郎は普段、〈竹〉の仕事を任されていた。

後で知ったことだが、初めての仕事は〈松〉に近い〈竹〉だったらしい。いきなり難しい仕事を任せたのは、円十郎の実力を見極めるためだったのだろう。

顔を合わせたことはなかったが、日出助の下には〈運び屋〉が全員で五人いるそうだ。〈松〉を任されるのはその中で一人だけと聞いたことがある。

「できるね?」

日出助の試すような言い方に対して、円十郎は何も言わずに頷く。

荷物を受け取り届ける場所、そして刻限。〈運び屋〉が知るべきことはそれだけだ。〈松〉の仕事を任された緊張感は内に秘める。

ふと目が隣の行に移る。そこには名前だけが書かれており、上から一本の線が引かれている。日出助は円十郎の視線に気が付き、帳面をぱたりと閉じた。

「こっちの依頼は、やらせたくないね。わかるだろう」

こっちと言いながら、日出助は人差し指を斜め上に鋭く小さく振った。

「赤子の頃から見守って来た、かわいい子なんだ。運びの最中にそうせざるを得ない時は仕方ないけど、できれば手を赤く染めさせたくなくてね」

円十郎は何も答えず、いつの間にか膝元に置かれていた一分金をつまみ上げて懐に入れた。昨夜運んだ荷物は、それなりに重要な中身だったらしい。

「四年前に半さんが抜けて、〈運び屋〉の稼ぎは小さくなっていたんだけど、円さんのお陰で戻ってきたよ」

「俺と父を使ってくれて、感謝しています」

「こちらこそ、戻ってきてくれてありがとう」

円十郎は手を突いて頭を下げ、衣擦れの音をさせずに立ち上がって部屋を出た。

階段を降りると、縁側には半兵衛だけがいた。仰向けに寝転んでいる。風が通るとはいえ、七月の日なたは燃えるように暑いだろう。しかし半兵衛は涼しい顔で目を閉じている。切れ長の目と、細く高い鼻梁《びりよう》は、親子でよく似ていると評される。肉を削《そ》ぎ落としたように痩せた頬のせいで、父の顔は冷酷な印象になっている。

円十郎は何も声をかけることなく、草履《ぞうり》を突っかけて〈あけぼの〉を出た。強い陽の光に目がくらみ、歩き始めてすぐに額に汗がにじむ。

半兵衛はちょうど一年前、体を壊した。志を抱いたが故に、心身を病んだのだ。

円十郎の姓は、柳瀬《やなせ》といった。半兵衛が言うには、柳瀬家は、戦国の世には小田原の北《ほう》条《じょう》家の忍びだったが、小田原合戦の後、どの家にも仕えずに浪人となった。

柳瀬家には家伝の柳雪《りゅうせつ》流躰術があり、先祖代々その技を継承してきた。円十郎もまた、半兵衛から柳雪流躰術を叩き込まれている。

柳雪流躰術は、

「柳に雪、柳に風」

という言葉を極意としている。

雪が積もっても柔らかく枝垂れることでその重さを流し、太い木の枝よりも強靭な柳枝の如く。強風に逆らわず、揺れて流れる柳枝の如く。万物の力に立ち向かうのではなく、受け入れ、活かす。

そういった理念のもとに磨き上げられた躰術は、己の肉体を自在に操ることに長けている。体に加えられる力をどう遣い、どう動くかということを長年考え続けた結果、柳雪流躰術は、常人には不可解な動きをする技となった。

先祖は躰術を活かして軽業師《かるわざし》となったが、裏稼業として盗みや殺しもしていたという。

円十郎の祖父は、日出助の父親の下で〈運び屋〉をしていた。日出助と歳が近く、兄弟のように育った半兵衛が、〈あけぼの〉を継いだ日出助のために躰術を活かして働くのは当然の成り行きだった。

だが半兵衛は、〈あけぼの〉を辞めたいと考えていた。

武術が好きだった半兵衛は、柳雪流躰術を世に広めたいと願った。想いは裏の仕事で手が汚れるたびに強くなっていったのだろう。

日出助は半兵衛の心情を理解して自分のもとから離れることを認めていたが、白山権現の近くに小さな道場を構えた頃には、半兵衛は四十歳、円十郎は十五歳になっていた。

円十郎が十歳の時には、半兵衛が〈あけぼの〉を辞めることは決まっていた。だが半兵衛の妻——円十郎の母が病になり、道場のための金は薬代に消えた。母の一周忌のあと、半兵衛は道場主となった。

柳雪流躰術を世に広めたいという志を抱いた半兵衛だったが、世間では竹刀《しない》と防具を用いた華やかな剣術が流行している。素手の、しかも宙返りなど日常の動きとかけ離れた躰術を教える小さな道場に人は集まらなかった。多い時でも門人の数は片手で数えられる程度だった。

蓄財が減っていくばかりで、道場の経営は日に日に苦しくなり、半兵衛の窶《やつ》れていく顔に円十郎の胸が痛んだ。夢を叶えたはずなのに、辛い顔をすることが増えた。志が人を蝕《むしば》んでいく様を、円十郎は間近で見てきた。

道場を開いて三年。半兵衛は血を吐いた。

道場を閉めることになったが、円十郎はかえって安堵した。もう半兵衛が終わりの見えない日々に苦しむことはなくなるのだ、と。

借金にまみれ、白山の道場を後にした半兵衛と円十郎を、日出助が拾ってくれた。半兵衛は失意と病で休養を必要としていたが、円十郎は健康だった。恩と借金を返したくて、円十郎は日出助に仕事が欲しいと頼み込み、かつて父もやっていた〈運び屋〉を任された。

半兵衛は少しずつ回復し、今年の春先から動けるようになった。〈あけぼの〉に戻ることになった心境は察するにあまりあるが、半兵衛の体に生気が戻っていることは事実だ。

「これで良い」

円十郎は本所の回向院前の通りを一人で歩きながら呟く。

自分の力がものの役に立つ。それで銭がもらえる。飯が食える。

円十郎は湿っぽい裏長屋の戸を開けて、敷きっぱなしの煎餅《せんべい》布団に身を投げた。運びの仕事は夜になる。務めを果たすために、やるべきことをやるのだ。円十郎は仕事にそなえて一眠りしようと、眩《まぶ》しさから逃れるべく、薄い夜着を丸めて顔に載せた。

三

星は見えないが、細い月が雲間から覗くように出ていた。微《かす》かな月明かりにぼんやりと白く光る細い道を、円十郎は音もなく歩く。

根津権現の境内に入ると、円十郎は木陰に身を隠し、しばらく息を殺した。人の気配がないことを確かめてから、参道の向こう側の木立に身を移す。

頭より少し高い所にある木の虚に手を突っ込み、中から油紙に包まれた、手のひらに収まるほどの荷物を取り出した。厚みはなく、懐にすんなりと収まった。

円十郎は根津権現を出た。見ている者がいないか探るためにあたりを見回す。ふと、それほど遠くないところに白山権現があり、そのすぐ近くに、柳雪流躰術道場があったことを思い起こした。

当時は根津権現にもよく来た。門人が減り、気を滅入らせている父を見たくなかった円十郎は、用もなく外出することが多かった。

頭を振って、円十郎は昔のことを頭から追い出す。仕事に集中しなければならない。これが日出助の言う慣れなのだろう。

運び先は和泉橋の向こうにある、玉池稲荷の祠の裏だ。改めて思い出すまでもなく、そこまでの道筋を脳裏に描くことができる。

根津権現から出て板塀に挟まれた路地を進んでいると、

「待て」

一人の男が現れて、行く手を塞《ふさ》いだ。口元を手ぬぐいで覆い隠し、腰に両刀を帯びている。円十郎は足を止めた。背後から更に三人が現れ、前後左右を囲まれる形となった。広くはない路地だから、左右の男たちは間合いの内だ。

円十郎は何も声を出さず、身じろぎもせず、ただ目だけを動かす。

「貴様、根津のほうから来たな。もう町木戸も閉まっているように、何をしている」

正対している武士が、小さくも鋭い声で言う。辺りを憚《はばか》るような声と風体から、円十郎は武士たちも人目に付きたくないらしいと察した。根津から来たことを指摘したということは、懐にある荷物に関わりがあるのだろう。

——それにしても……。

微かな月明かりしかないため定かではないが、円十郎は声を発した武士の目元や背格好に見覚えがある気がしていた。円十郎より少し背が高いから、身の丈は六尺ほど。怒り肩。太い眉に、鈴のように丸い目。

「答えよ」

後ろに立つ男が鋭く言うが、円十郎はそれにも応じなかった。

「顔を隠している輩《やから》だ、問うまでもなかろう」

左の男が怒気を含んだ低い声で呟く。

「構わん、やろう」

右の男は昂奮か緊張か、声を震わせながら言った。

左右と後ろの武士が、一斉に大刀を抜いた。だが正面の武士だけは脇差の柄に手を掛けている。

円十郎は脇差を正眼に構えた武士にだけ集中した。この狭い通りで大刀を振り回せば、味方を斬ることになる。それがわからない男たちは、恐るるに足りない。

正面の男の剣先が円十郎の目を捉え、そして、上下に揺れだした。

――鶺鴒《せきれい》の構え……。

男は北辰一刀流を遣うらしい。斬撃の起こりが分かりにくい構えである。

惑わされないよう、円十郎は目を細め、全身で動きの気配を感じ取ろうと気を静める。

じりじりと足先を這わせて間合いを詰めてくる。右の男が最初に仕掛けてくるだろうと察しながら、円十郎は正面の男に注意を払う。

不意に、正面の男の顔と名前が一致した。その瞬間、右から斬撃の気配が起こった。横薙ぎの剣。円十郎は右の男に背を向けながら、地面を舐めるように低く屈んだ。

背中の上を刃が走り抜けた。円十郎は地面に両手を突きながら左足を後方に蹴り上げた。槍のような蹴りが右の男の鳩尾《みぞおち》を貫く。

円十郎は素早く左足を引き戻すと、低い姿勢のまま、後ろにいた男の懐に潜り込む。この男は、右の男の横薙ぎの剣に斬られるのを避けるために、少し身を引いていた。

円十郎は男の襟《えり》と腕をつかみ、投げを打った。男は左にいた男のほうに飛んでいき激突すると、折り重なって地面に延びる。

風を感じた。

正面にいた脇差の男が突きを繰り出したのだ。横に跳んで躱すと、間髪を入れず、刃が首に向かって来る。腰を落として避けながら、鳩尾を狙って拳打を放つが、相手が跳び下がって間合いから外れた。

男の目が戸惑うように揺れた。円十郎はその時に現れた表情で、相手が誰か確信した。

――青木《あおき》真介《しんすけ》！

男の正体に気づいたと同時に、

「おまえ――」

相手もまた、こちらが円十郎だとわかったように声を上げた。円十郎は突風のような勢いで間合いを詰めた。真介は慌てて構えるが、円十郎はすでに懐に入り込んでいる。

拳で鳩尾を打ち、足を払う。うつ伏せに倒れた真介の背中に肘を落とした。真介は息も絶え絶えに、

「水戸の――この国のために、荷を返せ……」

苦悶の表情で見上げながら円十郎の足首を摑んでくる。円十郎は己の懐にある荷物を守るように触れた。

「我らの、攘夷《じょうい》の志を――」

志という言葉を聞いた瞬間に、耳から冷風を吹き込まれたように、円十郎の頭の中が冷え切った。無言のまま足を振り上げ、真介の顎先を刈るように蹴った。唸りながら気を失った真介を見下ろして、円十郎は溜息を吐く。

——再会がこんな形になるとは。

本当は再会できたことを喜び合いたかった。だが今の自分は〈運び屋〉だ。相手が友であろうとも、預かった荷物を渡すわけにはいかない。

円十郎は思いを断ち切るように背を向けて、和泉橋に向かって走り出した。

真介が言っていたことの意味を、円十郎は考えないようにした。

懐に入っている、薄くて軽い荷物が何なのか。それを気にすること自体、運びの掟に反している。

運ぶよう依頼した者と、それを取り返そうとする者。それぞれの事情は、〈運び屋〉に関係ない。ただ運ぶ。邪魔は排除する。それだけだ。

路地を抜けて和泉橋に出た。猫一匹いない夜の橋を、微かな月明かりが浮かび上がらせている。この橋を渡れば運び先の玉池稲荷は至近である。

もう荷物を狙っている者はいないだろうと思いながらも、円十郎は足音を立てずに走り、和泉橋を渡り始める。

もし狙っている者がいれば、橋は最も危うい。対岸から自分の姿は目につきやすく、逃げ道も前後にしかない。

橋の半ばに達した時、円十郎は前方の岸からの視線を感じた。同時に右前方に身を投げ出した。直後、夜の静寂を裂く鋭い風音がして、一瞬前まで自分の体があった場所に、何かが突き刺さる音が響いた。

片膝立ちのまま横目で見ると、矢が突き立っていた。円十郎は直感的にまた転がった。矢が円十郎の顔があった所を通り過ぎ、川に吸い込まれていった。

かすかに弓の弦が引かれる音がした。対岸の左。柳の陰に黒い人影が見えた瞬間、円十郎は右側の欄干に走り寄った。矢が背中の肉を薄く裂いた。焼けるような痛みを覚えながら欄干を乗り越えて、円十郎は橋桁《はしげた》に指をかけてぶら下がった。

これで左にいる射手からは見えない。円十郎は元いた岸に戻るか、敵がいる岸に向かうか考え、すぐに敵のほうに進むことを決めた。運びの刻限まで猶予はない。邪魔者は打ち倒すまでだ。

油断なく対岸を睨《にら》む。橋桁を摑んで横向きに動いていると、視界の端に半弓を構えている人影が映った。先程の影とは違う。敵は橋を挟むように待ち伏せていて、円十郎を射抜く好機と見て、もう一人も姿を現したのだろう。先程の真介たちとは異なり、手慣れている。円十郎は鋭く舌打ちをして横移動を止めた。

振り子のように体を前に大きく振った。爪先で橋板の裏側を蹴り返した勢いを活かして体を振る。天から背中を引っ張られたように体が上がった。川面と体が平行になった時、円十郎は手を放して真上へ飛んだ。

円十郎は風に吹き上げられた羽毛のように軽やかに宙に浮くと宙返りし、欄干に降り立った。先程まで手があった橋桁に矢が突き立つ。すぐさま橋上に降りて、欄干に身を隠しながら一気に走った。

和泉橋を渡り切る。傍らの柳の陰から三つめの影が現れて、白く光る小刀《しょうとう》が肉薄する。円十郎は更に足を速めてすり抜けた。先に板塀があったが、勢いを落とさない。

影が追ってくる。円十郎は板塀を二歩、三歩と駆け上がり、高々と跳んだ。燕のように宙返りをして、追ってきていた影の後ろに降り立った。

振り向いた影は円十郎と同じような黒ずくめの恰好で、目だけが出ていた。目には驚愕の色がある。円十郎が全体重を乗せた前蹴りを放つと、影は吹き飛び、板塀に激突し、突き破った。

背中に寒気が走った。

素早く振り向くと、背の高い黒ずくめの男がいた。闇に煌々《こうこう》と光る目をしている。服の上からでも、その肉体が鋼のように強靱であることがわかった。襲ってきた者たちの一味であることは疑いないが、殺気がなかった。それが却って恐ろしい。

――手練《てだれ》だ。

円十郎は左右のどこかにいる射手の視線を感じながら、男から目を離せなかった。男は何も得物を持っていないが、隙を見せれば喉を食い破られる気がした。男は獲物を仕留めようとしている熊のようだ。

円十郎は手甲《てっこう》の内側に仕込んでいる苦無《くない》に指を掛けた。柳雪流躰術は元来が忍びの技である。苦無や手裏剣、小太刀術も、円十郎は父から叩き込まれていた。運びの仕事で武器を遣うことは今までなかったが、この男に徒手空拳で対するのは厳しいと感じた。

苦無を握り締めた時、にわかに人声が上がって周囲が騒々しくなった。先程の板塀が破れる音で、近隣の家の者たちが何事かと動き始めたのだ。

ふっと、眼前の男が遠のいた。射手の視線も消えた。顔は見えないが、円十郎は男が笑みを浮かべたとわかった。なぜ笑うのか不可解だったが、今は気にしている場合ではない。人々に姿を見られたくなかった。

気がつけば、蹴られて板塀を破って倒れた者の気配も消えている。円十郎は人に見つからないよう、物陰に隠れた。

しばらく身を潜めてから、円十郎は玉池稲荷の祠の裏に荷物を置いた。

近くの家の屋根に登り、周辺に人がいないことを確かめて、円十郎は一つ息を吐いた。

――面倒な運びだった。

塒に帰ることがひどく億劫だったが、いつまでも屋根にいるわけにはいかない。円十郎は大きく息を吸って、暗い夜に再び身を投じた。

四

布団の上で大の字に寝転んでいる円十郎は、固く目を閉ざしている。だいぶ前に目覚め、頭もはっきりしているが、体を起こしたくなかった。

昨夜の運びの仕事は、格が〈松〉なだけあって、かつてないほど疲れるものだった。誰にも跡をつけられていないことを再三確かめてから長屋に戻り、布団に入って眠りはすぐに訪れたが、夜明けもまた早かった。

射し込む日の光に背を向けて二度寝をしようと試みたが、嫌な形で再会した青木真介のことと、和泉橋で襲ってきた別の男たちのことが頭の中に浮かんでしまった。

これはもう眠れないと判断して起き上がろうとしたが、手をついて起こした体が鉛《なまり》のように重く、円十郎はその時はじめて、疲れていることに気づいた。

円十郎は体中にある怠さを受け入れて、日が中天に上った今も、寝転んでいる。

真介たちは刃に鋭さはあったものの、刀を人に向けて振ることに慣れていなかったから、恐ろしさはなかった。

だが和泉橋で襲ってきた男たちは厄介だった。射手は人を射ることに躊躇がなかった。

円十郎が蹴り飛ばした相手も容赦がなかったが、最も恐ろしさを感じたのは、向かい合っただけの、大柄な男だ。

　──組み合って、勝てただろうか。

　男は素手だったが、肉体そのものが凶器という印象がある。身の丈は円十郎よりも頭一つ高く、分厚い体をしていた。体格的に劣っていたとしても、柳雪流躰術はその程度なら物ともしない。

　勝てる確信が持てない理由は、男の気配だった。人を殺すことを繰り返して来ていると感じさせる迫力があった。

　──なぜ俺を襲ったのだ。

　真介たちは円十郎が運んだ荷物を取り返したがっていた。真介は水戸藩の者だから、円十郎が運んだ物は、水戸に関わるなにかだろう。水戸は今、内外で揉めていると言うから、その絡みだと想像がつく。

　光る目をした男は何が目的だったのか。円十郎を狙っていたことは確実だ。そうでなければ橋で待ち伏せなどできない。きっと、真介と同じく荷物を奪おうとしていたのだろう。両者の目的が同じであるならば、なぜ協力しなかったのか。

「目的は同じでも、命じた者が別なのか」

　ぽつりと口に出してみた。運んだ荷物は、複数の人物から狙われていたらしい。そこまで考えて、円十郎は体と布団を繋ぐ鎖を振り解くように、勢いよく体を起こした。

――考えるのはここまでだ。

円十郎が気にするべきことは、運びの仕事を邪魔する手練がいるということだけだ。それ以外は考えるべきではないのだ。

まだ昨夜の報酬を受け取っていない。円十郎は少し重い体を励ましながら身なりを整え、外に出た。

いつもの小部屋で日出助と対面すると、円十郎は仕事を完遂《かんすい》したことを告げた。

「それと――」

路地と和泉橋で二度襲われたことを詳細に話した。日出助は真介のことを知らないから、そこには触れなかった。日出助は和泉橋の襲撃者たちの話を聞き終えると、珍しく渋面を作った。

「ついに円さんも出会《でくわ》したか」

「奴らをご存じで?」

「長い付き合いでね。と言っても、彼らが誰なのか、はっきりとは分からないけれど」

日出助はいつもの恵比寿顔に戻った。

「〈引取屋《ひきとりや》〉と呼ばれていてね。〈運び屋〉は頼まれた物を運び、彼らは頼まれた物を引き取って行く」

「引き取る?」

「上品な言い方だとかえって分かりづらいね。ぶん獲って行く。運んでもらっては都合が悪い物とかをね」

日出助の笑みが濃くなるが、これは怒りを深くしまい込んでいる表情だ。

「半さんも何度か荷物を奪われそうになったことがあるから、聞いてご覧なさい」

「……そうですね」

父に運びの仕事について聞けと言われて、少し言葉に詰まった。日出助は、

「気を引き締めることだね。円さんの働きぶりが認められるほど、厄介な運びが増えてくる。そういう運びには、邪魔が入ることが多いから」

どこか嬉しそうに言って、円十郎の膝元に一両小判が二枚置かれた。円十郎は目を疑った。

「ご苦労さま。今は円さんに頼むほどの依頼がないから、ゆっくりしていなさい」

「頂戴します」

小判を懐に入れる。それほどの荷物だったのか、と円十郎が考えたことを見抜いたように、

「掟、忘れなさんな」

日出助が低い声を発した。円十郎は黙って頷き、小部屋を後にした。

階段を降りると、ちょうど半兵衛が上がり框に座って足を洗《すす》いでいた。半兵衛は円十郎の目を見たが、すぐに横を向いた。円十郎もまた何も言わず、草履を突っ掛けて〈あけぼの〉を出る。

暗い目。

まるで半兵衛が円十郎に〈運び屋〉をやらせてしまっているというような、後ろめたさがある、詫《わ》びるような目。

円十郎は自分の意思で〈運び屋〉をやっている。そんな目をする必要などないのだ。もしそう言ったとしても、父は詫びの言葉を口にするに違いない。

だから円十郎は、半兵衛に仕事の話をしたことがない。

「俺が志を持ったばかりに、おまえにそんな事をさせている」

そう嘆《なげ》かれることは想像に難くない。聞きたくもないし、言わせたくもないから、円十郎はもう一年あまり、父とまともに会話をしていなかった。

「もしかして、円十郎さん？」

不意に声をかけられて、円十郎は驚いて顔を上げた。目的もなく歩いていたから、自分がどこにいるのかも分からなかった。だが声をかけてきた相手と、その後ろにある緋毛氈が敷かれた縁台を見て、瞬時に理解した。

「理緒《りお》……」

声をかけてきたのは〈くくり屋〉という、白山権現の近くにある茶屋の娘の理緒だった。

「驚いた……。ちょっと、ご無沙汰が過ぎない？」

理緒は頬を膨らませて詰《なじ》るように言うが、垂れ目と下がり眉で怒った顔をされても迫力に欠けた。

「引っ越してから、一年くらいよね。落ち着いたから顔を出したといったところかしら？」

当て所《ど》なく歩いていて、気がつけばここにいた。理緒が推測したようなまともな理由が言えず、円十郎は笑顔を向けてくる理緒の大きな黒目から逃れるように〈くくり屋〉に顔を向けた。参拝客を相手にしている小体な茶屋に、今は他に客がいなかった。

理緒は円十郎の素っ気ない態度を意に介さず、

「まあ、なんでも良いわ。座って」

両手で持った丸盆で円十郎の背中を押す。円十郎は、ああ、とか何とか意味のない声を発し、促《うなが》されるままに縁台に腰を下ろした。

すぐに、理緒が丸盆に団子二串と番茶を載せて戻ってくる。醤油の香りに懐かしさを感じた。

最後にこの団子を食べたのは去年の七月で、その時は真介も一緒だった。その後、真介は体調を崩した父親の跡を継ぐため、水戸に帰ったのだ。

理緒は団子と番茶を置くと、向かいの縁台に座って言う。

「青木さまが一年ぶりにいらっしゃったと思ったら、今度は円十郎さんだなんて。驚いたけど、嬉しいわ」

「真介さんが？」

思わず理緒の目を見た。理緒は真っ直ぐに円十郎の目を見返して、にこりと微笑《ほほえ》みを浮かべた。円十郎は落ち着かない気分になり、目を逸らした。

「一ヶ月前に、ふらりといらっしゃったの」

理緒を盗み見る。柔らかい表情と言葉尻に、何か懐かしい人と再会しただけではないようなものを感じた。

――真介さんは俺には会いに来ていないのに、ここには来たのか。

円十郎は、真介と理緒の仲が昔よりも深いものになっていることを悟った。

「円十郎さんはもう会った？　青木さまと」

「最近、会った」

「どこで？　うちの店で会えば、三人でまた話せたのに」

「……」

会ったと答えたのは迂闊《うかつ》だった。あの時、真介もこちらが誰かわかっていたと思うが、もし理緒から今日のことを聞けば、あれが円十郎であったことが確実になる。〈運び屋〉として、仕事で関わった人間に正体を知られることは望ましくない。

「女には言いたくないような場所で会ったのかしら」

理緒が大仰に身を引きながら目を細めて言う。円十郎は誤解を好都合として、否定しないことにした。黙り込んだ円十郎に、理緒は小さく溜息を吐いた。

「まあ、気晴らしは大事よね。このところお忙しいようだったし……」

「そうなのか？」

「尊王《そんのう》だとか、攘夷だとか……。難しいことをおっしゃっていたわ」

「そうか」

真介は昨夜、攘夷の志と言っていた。それがどういうものかは知らないが、志や夢は、自分だけではなく、他人をも不幸にする。真介の身に何かあれば、理緒は悲しむだろう。

店に客が訪れて、理緒はそちらに向かった。一人になった円十郎は、番茶を一口含み、串に刺さった団子をひとつ食べた。

懐かしい味だった。

一年前までは、三日に一度は団子を食べていた。当時は一人ではなく、真介が並んで座っていた。真介と出会ったのは、二年前だった。

道場に閑古鳥が鳴き、陰鬱な顔の父を見ていられず、円十郎は稽古のあとは外をふらつくようになった。人が通らない細い路地や抜け道を見つけることが楽しかったこともあるが、何よりも金策に悩む父の顔を見たくなかった。

そうして過ごしている時に、白山権現の境内で当時十九歳の青木真介と出会った。

すれ違いざまに真介は円十郎に、

「お主、腕が立ちそうだな」

と声をかけてきた。円十郎は躰術を遣うと返した。

真介は近くにある柳雪流躰術道場のことを知っていて、

「そこの道場の者か。前から気になっていたが、なかなか足を運ぶ決心がつかなかった」

嬉しそうに言った。四角く無骨な顔立ちだが、笑うと目が線になって愛嬌があった。

真介は水戸から剣術修業に来ていると言った。

「躰術も修めたいと考えていたのだが、受け入れてもらえるかな」

円十郎は始めは父に紹介して入門させようと思ったが、今更一人二人が入門したところで道場は苦しいままだ。気が弱っていく父をもう見たくなかった円十郎は、早々に道場の看板を降ろしたほうが良いとまで考えていた。だが無下に断るのも申し訳なく、

「今は難しいですが、こういった場所でも良ければ、俺が教えます」

「それは有り難い。束脩《そくしゅう》を持って参るから、明日からでも頼みたい」

喜色満面の真介に、円十郎は首を横に振った。途端に真介は顔を曇らせる。

「いや、急ぎすぎた。そちらの都合も考えずに申し訳ない」

どうやら誤解したらしい。円十郎は少し笑みを浮かべて、

「いえ、束脩のことです。道場で教えるわけではないので、結構ですよ」

真介は喜び、稽古は人気のない神社の境内の隅などで行うことにした。

稽古は三日に一度と決めた。激しすぎない稽古をしたあとは、真介は〈くくり屋〉に必ず寄った。

「理緒という名の看板娘がいるのだ」

真介は照れくさそうに笑って言った。

円十郎は近所なだけに理緒のことは知っていたが、話したことはなかった。真介と通ううちに言葉を交わすようになり、円十郎も人並みに、その愛らしい笑顔を盗み見るようになった。

真介は必ず団子を三串注文したが、いつも一串食べただけで腹が満ちたと言って、

「俺は理緒を見たいだけで、団子は好かん。代わりに食べてくれ」

いつも団子を奢《おご》ってくれた。施《ほどこ》しを受けているようでみっともないと感じて断った円十郎に、真介は稽古代だと重ねて言い、それならと円十郎は馳走になっていた。

真介は道場の状況を知っていて、金がない円十郎が施しを受けたと惨めな気持ちにならないように配慮してくれたのだろう。

――懐かしいな。

円十郎は二串目の団子を思い出とともに飲み込んで、少し多めの銭を置いて立ち上がっ

た。

「また来てね」

円十郎は朗らかな笑顔で言う理緒に小さく頷きを返した。

日が傾いて、夏の強い日差しはいくらか和らいでいる。円十郎はもう少し町を歩いて新しい道を探そうと決めた。

五

理緒と〈くくり屋〉で再会してから一ヶ月が過ぎ、まだまだ暑さが続く八月、水戸藩の徳川斉昭《とくがわなりあき》が永蟄居《えいちっきょ》となった。

円十郎は、幕府の大老・井伊直弼《いいなおすけ》と徳川斉昭の間にあった争いなど詳しい事情は知らないし、関心も持っていなかったが、水戸藩が事件の中心にあることは気にかかった。

水戸藩には真介がいる。徳川斉昭に下された処分が、真介にも多大な影響を及ぼすことは想像に難くない。

そして理緒のこともある。真介と理緒は、一年前とは関係が変わっている様子であった。きっと、好い仲になっているのだろう。真介の身に何かがあれば、理緒は気を揉むに違いない。

円十郎はそういったことを気にしながら、〈梅〉の仕事も日出助からもらうことにした。毎日を忙しく過ごすことで、真介と理緒という気がかりの一切を頭の中から追いやるためだ。

水戸藩に起きたことを考えたり、巷間の噂を耳にしたりすると、どうしても真介と再会した時の仕事が思い出された。

あの日、自分が運んだ荷物が、水戸藩に関わるものだったことは疑いようがない。託された荷物を運ぶことが仕事であり、その結果がどうなろうと、〈運び屋〉には関係ない。だがその仕事の結果が、友に良くない出来事をもたらしたかもしれないと思うと、胸の中にごろごろと鳴る雷雲が垂れ込めるようだった。

――仕事をしている間は余計なことを考えないで済む。

「円さん、なにか買いたいものでもあるのかね?」

綿を入れた袢纏《はんてん》を着た日出助が、報酬を円十郎の膝元に置きながら言った。

綿入れ袢纏を着るのはまだ早いのではと思ったが、すでに九月も終わりに近い。今日は涼しいから、寒がりの日出助には必要なのだろう。

「〈梅〉に留まらず、表の運びまでやると言いそうな勢いだけど……」

表の運びというのは、船宿〈あけぼの〉のもう一つの仕事である。速い船と良い漕《こ》ぎ手がいる〈あけぼの〉は、重い荷物や急ぎの物を舟で運ぶ仕事も受けていた。こちらの運びは裏のない商人や町人たちから請け負っている。

「……まあ、そんなところです」

円十郎は否定しなかった。どんな仕事でももらいたいと頼んだ円十郎に日出助は熱心なことだと喜んでいたが、何事か隠しているのではないかと少し不審を抱いたのかもしれない。

「だいぶ貯まってきただろうけど、まだ足りないのかい？」

いつもの恵比寿顔だが、目には心配するような色があった。珍しいことだ、と円十郎は感じた。働き詰めになっていることを案じてくれているのかもしれないが、日出助の腹の中は計りかねた。

「小刀《しょうとう》を買いたくて。数打ちではない、業物《わざもの》を」

多くの金が必要だと思わせておいたほうが良いかもしれないと思った円十郎は、そう返した。運びの掟に背いてしまわないように忙しくしていると知られては、日出助がどう出るかわからない。危ういと判断されて、二度と運びを任せてもらえなくなっては堪らない。

「ふうむ……。円さんの躰術があれば小刀などなくてもよさそうなものだけど」

「例の〈引取屋〉。ああいう手練と対峙する時は、徒手空拳では少し心許ないんですよ」

咄嗟《とっさ》にそう言うと、日出助は何度も深く頷いた。

「それもそうだね。足りない分は貸す……いや、買ってあげるよ。円さんは稼業に欠かせない人だから、必要なものは工面するよ」

思っている以上に日出助が気にかけてくれていると知って驚き、嘘を吐いたことに胸が痛んだが、それよりも嬉しさがこみ上げてきた。

――父よりも父らしい。

自分のことを赤子の頃から知っていて、半兵衛が体を壊した時も救いの手を伸ばしてくれた。今もこうして円十郎のことを考えてくれている。〈運び屋〉の円十郎を必要としているだけかもしれないが、それでも嬉しかった。

「いえ、働いて得た金で買いたいんです。お気遣い、ありがとうございます」

「自分の金で買いたい気持ちはわかるよ。ただ、早めに買ったほうがいい。世の中がますます慌ただしくなってきたからね、厄介な運びが増える気がする」

そう告げる日出助の目には、もう先程までの温かみはなかった。笑っているが、裏の世界で生きている人間の目になっている。

柳雪流躰術には、小太刀術もある。口から出任せだったが、本当に小刀を購《あがな》ったほうがいいかもしれないと円十郎は思った。

「あの――」

と、二人がいる小部屋の外から、〈あけぼの〉の女中が密やかな声をかけてきた。

「どうした？」

日出助が応じると、女中はわずかに襖を開いて囁《ささや》いた。

「理緒という方のお使いだという子供が、あちこちで円十郎さんを捜しているようです」

円十郎は理緒と聞いて胸が騒いだ。女中はその噂を、上野にいる知り合いから聞いたという。

「お葉《よう》、ありがとう」

女中の名前を初めて知った。お葉は静かに襖を閉ざし、音もなく去っていった。

「お葉は市中の噂を集めるのが仕事でね。船宿の女中としても欠かせないけど、こっちの稼業にも大事なんだよ」

日出助はそう説明し、

「それで、理緒とは？」

見据えられ、円十郎は背中に冷や汗をかいた。

「白山に住んでいた時に親しくしていた、茶屋の娘です。先日、久しぶりに茶屋に行ったのですが、なにか忘れ物をしてきたのかもしれません」

円十郎は早口にならないよう気をつけながら言い、立ち上がった。

「気をつけなさいよ」

呆《あき》れたような声に頭を小さく下げてから、円十郎は足早に小部屋を出て、白山へと足を向けた。

昼まで間がある〈くくり屋〉に、客の姿はまばらだった。円十郎が店先に立つと、すぐに中から理緒が出てきた。

「円十郎さん！」

理緒は大きな目を涙で潤《うる》ませながら、円十郎の袂を摑んできた。円十郎の心臓が大きく跳ねたが、

「青木さまが、大変なことに……」

続いたその言葉に平静を取り戻した。動転している理緒を見ていると、自分は冷静にならなければと思えた。

「何があった?」

「水戸藩の方が朝、こちらに見えて……。青木さまを見ていないかと聞かれたの。来ていないと答えると、草の根わけても見つけて連れ戻すと、恐ろしい顔をして……」

理緒の目尻から涙が一雫こぼれた。

水戸藩士のただならない様子から察するに、真介は自らの意志で彼らから身を隠しているようだ。

「藩を脱したのかもしれない」

円十郎が呟くと、理緒はまた涙をこぼした。脱藩が重罪であることは、武士ではない円十郎や理緒も知っていた。

「どうして、そんな……」

理緒に摑まれた袂が重みを増す。理緒は立っているのがやっとという様子だった。

「志……」

円十郎が呟くと、理緒が目を丸くして見上げて来た。

真介はあの夜、円十郎が運んだ荷物を必死で取り返そうとしていた。その時に発した言葉が志だった。運んだ何かを手に入れた者が、真介の志を奪ったのだ。

それを取り戻すために、脱藩をしたのかもしれない。

「何が志だ……」

円十郎は奥歯を嚙み締めた。そんなもののために、真介は己のみならず、理緒を不幸にしている。くだらない。円十郎は腹の底でそう怒鳴った。

理緒は円十郎の顔を不思議そうに見つめたあと、急に背を向けて店に駆け込んだ。どうしたのかと立ち尽くしていると、程なくして理緒が駆け戻ってきた。

「これを、青木さまに渡してほしいの」

理緒が小さな結び文と一両小判を差し出した。円十郎は一瞬、自分が〈運び屋〉であることをなぜ理緒が知っているのかと驚いたが、そんなはずはないと思い直した。〈運び屋〉になってから会ったのは一度切りだ。あの時に仕事の話は一切していないのだから、知られるはずがない。

「なぜ俺に頼む。真介さんがどこにいるか知らない」

「でも、何か知っているんでしょう?」

縋《すが》るような目から、円十郎は顔を背ける。

「……どうして藩を脱したのか、何となくわかるだけだ」

「わたしはそれすら、わからないの。あの人のことを知っているつもりだったのに……」

握りしめられて結び文が皺《しわ》になってしまう。そう思った円十郎は、気がつけば理緒の手からそれを取っていた。

「円十郎さん……」

「約束はできないが、預かる」

そう言って、円十郎は託された荷物を懐に収めた。あるかなきかの重さだが、理緒から真介への荷物だと思うと、ずしりと重く感じた。

「ありがとう」

理緒が泣き笑いを浮かべた。円十郎は理緒の目を見返して、

「託された」

一言告げて踵《きびす》を返した。

日出助に休みをもらわなければならない。良い小刀を探してくるとでも言えば、きっと許してもらえるだろう。

六

休みをもらいに行くと、日出助は快諾してくれた上に、買いたい刀に少し金が足りない時は頼りなさいとまで言ってくれた。

円十郎は〈あけぼの〉を出た足で、水戸藩の上屋敷に向かった。以前真介は上屋敷の中の長屋に住んでいたから、なにか行き先の手がかりを探せないかと考えた。

しかし上屋敷に近寄ると、あちこちに家士がいる上に、塀の向こう側にも人声があった。これでは忍び込むことはできない。そう判断した円十郎は、何もつかめないまま、上屋敷に背を向けた。せめて日が落ちてから来るべきだったと反省したが、そもそも真介が長屋に脱藩後の行き先がわかる何かを残しているわけがないと、円十郎は思い直した。

真介は手がかりを残すほど間抜けではないし、何か残っていれば、藩士が理緒を訪ねることもない。皆目見当がつかないから、真介行きつけの茶屋にまで聞き込みに行ったのだろう。

上屋敷にはもう用はないが、真介の行き先がまるでわからないことが、円十郎の心に焦燥感を残した。理緒から預かった荷物を届けられないようでは、〈運び屋〉の名折れだ。

——人捜しは〈運び屋〉の仕事ではない。

円十郎の頭に届けられなくても仕方がないという考えが浮かんだが、すぐに頭を振って追い払う。託された物を指示されたところに運ぶということには変わりないのだ。

——一体どこに……。

徳川斉昭など尊王攘夷を主張していた者たちに処罰が下ったことは、円十郎でも聞き知っている。おそらくそれが遠因なのだろうが、脱藩して何をするのか。

その恨みがもとと想定すれば、断罪した井伊直弼に復讐するためということが考えられたが、天下の大老を襲うなど、果たして有り得るだろうか。大名家に仕えたこともなく、徳川家のことを何とも思ったことがない円十郎でも、とんでもないことだとわかる。

他に、脱藩してまでも成し遂げたいことはあるだろうか。水戸藩の内部事情は露ほども知らないが、水戸藩の方針が真介の意に沿わなかったり、志とやらに反することがあったりすれば、思い切って決断するのかもしれない。

円十郎は考えを変えることにした。藩や志のことが分からない自分がどれだけ考えたとしても、それらしい答えにはたどり着けない。だがどういう理由にせよ、一人で思慮もなく脱藩しないだろう。

何かしら思うことがあって行動しているならば、志を同じくする仲間がいるに違いない。しかし理緒を詰問した武士は他の名前を出していない。となれば仲間とは別行動なのだろうが、脱したあとは合流しようとするだろう。それはどこだ。

結局、手がかりはない。ぐるぐると同じことを考えながら歩いているうちに、円十郎は深川の塒の前に立っていた。いつの間にか足は家路を辿っていたらしい。日はすでに中天を越えている。円十郎はふと空腹を覚えて、一休みするべく、部屋に入った。

白湯《さゆ》で固まっている冷や飯をほぐし、さらさらと飲み下す。

——真介さんの同志か。

思えば、真介が誰と親しくしていたかを、円十郎は知らなかった。躰術の稽古をする時はいつも真介一人で来ていたし、〈くくり屋〉に誰かを連れて来たこともない。

「八方塞がりだな」

空腹を満たして一息つくと同時に、円十郎は独り言を言う。

少し横になろうと寝転ぶと、乱雑に積まれた書物が目に入った。道場に閑古鳥が鳴いていた頃、円十郎は散策のほかに読書をよくした。積まれた書物のほとんどは日出助からもらった本で、読本もあれば、歌集、軍記物もあった。

円十郎は書物の小山に何気なく手を伸ばす。一番上にある、擦り切れた本を手に取った。鎌倉に幕府があったころの元寇を描いたものだ。

「真介さんの、同志……」

過去の人物であるが、この人は間違いなく真介の同志だ、と円十郎は思った。

「北条時宗《ときむね》——」

真介と〈くくり屋〉で茶を飲みながら、読んだ本の話をすることがあったが、その時に、真介は水戸の朱子学者・安積澹泊《あさかたんぱく》の著書である『大日本史賛藪《さんそう》』のことを話してくれたことがあった。

書物の中で元軍を打ち払った北条時宗が讃えられており、真介は異国の脅威に屈せず戦ったその人を尊敬していると語っていた。

そのことを思い出した途端、円十郎の記憶が次々と蘇ってきた。

真介は、躰術を習いたいと思っていたが、柳雪流躰術道場を訪ねなかった理由について、

「あれこれ考えてしまうたちなのだ」

と恥ずかしそうに言っていた。

剣術修業をしながら通えるだろうか。剣術も躰術も、どちらも半端になってしまわないかと悩み、動けなかったのだという。意志が強く、さっぱりとした気性のようでいて、決断するまでには何かと考える。真介はそういう人間だった。

北条時宗についても、

「鎌倉の円覚寺に墓があるそうだ。水戸からでは遠くて参ることも叶わないが、江戸からならそれほどでもない。格段に参りやすくなったのだが、いつでも行けると思うと、二の足を踏んでしまってなあ」

そう話していた。それから間もなく真介は水戸に帰ったから、結局、一度も円覚寺には

行っていないはずだ。

水戸藩士が捜し回っている江戸にいつまでも留まっていることはないだろう。脱藩という思い切ったことをした真介なら、尊敬する人物が眠る円覚寺に行くのではないか。たまたま目に入った書物から引きずり出された記憶を現状に重ねただけの、はなはだ根拠に乏しい推測だと、円十郎は自覚している。だが確信のようなものも感じていた。

――そう思いたいだけかもしれない。

手がかりがないから、浮かんだ考えに縋っているだけかもしれない。まったくの見当違いである可能性も高い。それでも他に、円十郎が真介を捜しに行く当てはないのだ。

円十郎は手甲脚絆《きゃはん》を身に着け、草鞋を履き、ほとんど荷物を持たずに長屋を飛び出した。円十郎は走るような速さで歩く。真介が朝から東海道を歩いているとしたら、今日は保土ヶ谷宿か、戸塚宿で泊まるだろう。もしくは日暮れすぎも歩いて、鎌倉まで入るかもしれないが、普通の人ならば夜闇の中を進みはしないだろう。円十郎は鎌倉に先回りするつもりでいた。

ほとんど休憩せず、黙々と歩き続けた。日が落ちても月明かりを頼りに進んだ。夜更けになって相州鎌倉に入り、六国見山《ろっこくけんざん》を背にした円覚寺にたどり着いた。

さすがに疲労感が凄まじかった。総門に繋がる石段を上り、山号である瑞鹿山の額が掲げられた総門に背を預け、目を閉じた。

払暁《ふつぎょう》の眩しさに目蓋《まぶた》を刺され、円十郎は目を開けた。真介は来ていない。戸塚宿で泊まったのだろう。だとすれば、まだここには着かない。いや、そもそも円覚寺を目指していないかもしれない。

円十郎は予想が外れているのではという不安に居ても立ってもいられず、門前を行ったり来たりした。寺の小僧に訝しまれたが、気にしなかった。

にわかに雨雲が起こり、すぐに雨が落ちてきた。

円十郎は総門の屋根の下に入り、雨を避けた。雨のせいか、円覚寺には人気がなくなった。

――誤ったらしい。

円十郎は雨に降られた冷たさで弱気になったが、せめて昼まで待とうと決めた時である。

菅笠を目深にかぶった旅装の武士が、歩いてくる。

円十郎は目を見開いた。

旅装の武士が総門を見るために顔を上げた。真介だ。目が合う。円十郎に気がついた真介は目を見張り、素早く腰の刀の柄を握った。

「真介さん、俺一人だ」

円十郎が声をかけると、真介は辺りを見回してから柄を離し、こちらを睨みつけながら寄って来た。

七

「円十郎、おまえ、あの夜なにを持っていったのか、わかっているのか」

真介は語気荒く言いながら、円十郎の襟を両手で摑んできた。

「この国の行く末を変えてしまうほどの物だったのだ。それを、おまえは」

円十郎は鼻先にある鬼の形相を静かに見返した。

「俺は荷の中身に関与しない」

自分でも驚くほど冷淡な声が出ている。

真介は奥歯を嚙み締め、唸るように言う。

「ただ運んだだけだと。志はないのか」

「そんなもの……」

腹の底がカッと熱くなった。

何が志だ。

志があれば、何をしても許されるのか。

己一人が抱いた志のために、己以外も辛苦を味わうことになる。そうなるくらいなら、志など持たないほうが良い。

「そんなものは無用だ」

円十郎は呟いた。

志は人を蝕む。

円十郎は、道場を興《おこ》すという行動をした半兵衛を恨んだことはない。父の決断に従うしかなかった自分が、父に付き合うかたちで貧しさを味わったことにも怒りはない。

だが、志に心身を蝕まれ、志が破れてからずっと自分に対して済まなそうにしている半兵衛が嫌いだった。

すべてを失い、我が子にも苦労をさせたという負い目を感じている父が——、志を失った父を今もなお苦しめる志が、憎かった。

「国のためを思うこの志を、そんなものと言うのか」

襟を摑む真介の手が小刻みに震えている。

国という漠然とした、円十郎にとっては摑みどころのないものよりも、もっと身近な人のことを想うべきではないのか。涙を流していた理緒を笑顔にさせることよりも、志のほうが大事だとは思えなかった。

「俺は志に命を使う。これから果たすことが、俺の生涯の仕事だ。何も考えず、ただ運ぶだけのおまえには、わからないだろうが」

真介が吐き捨てるように言って、円十郎を突き放した。そうして円十郎の脇をすり抜けて、総門を潜ろうとする。円十郎はその背に声をかけた。

「そのために悲しむ人がいることを、考えたことがあるのか」

困惑したように眉根を寄せた真介が振り向いた。円十郎は理緒から預かった結び文と一両小判を差し出した。

「俺はあんたに考え直せとは言わないし、志がどうのと語るつもりもない。ただ、そこを通る前に、これを受け取ってくれ」

真介は結び文と小判を手に取った。理緒からだと伝えると、真介は苦しそうに口元を歪めた。

「どうして理緒に何も言わずに江戸を出た」

円十郎の問いに答えず、真介は微かな笑みを口辺に浮かべた。

「届けてくれたことに、礼を言おう」

「何か理緒に伝えることは？」

真介は頭を左右に振った。

「ない。会えば詫びてしまいそうだったから、何も残さずに来たのだ」

「詫びることは悪いことなのか？」

円十郎は聞いていた。半兵衛も自分に申し訳なさそうな目を向けるが、詫びの言葉は一度も発していないことに思い当たった。

「詫びるということは、許しを乞うことだ。己の志のために辛い思いをさせたのに、許して欲しいなどと、これ以上身勝手なことは言えぬ」

——それで父上は、何も言ってこないのか。

円十郎は真介と半兵衛の考えがわかった気がした。半兵衛に一連のことで詫びて欲しいと思ったことは一度もないが、物言いたげな目には腹が立つことがあった。

半兵衛は、詫びてはならないと決め込んでいるのかもしれない。楽になるなら詫びればいいと円十郎は思うが、そうすることは許されないと考えているのだろう。

黙り込んだ円十郎に、真介が言った。

「もう会うこともないだろう。達者でな」

「真介さんも」

円十郎は真介の目を見返した。しばらく見つめ合ったあと、円十郎は踵を返して歩き出した。

石段を降りて右に曲がり、円覚寺の総門から見えないところまで行って、円十郎は立ち止まり、あたりの様子を窺《うかが》った。〈運び屋〉の習性が働いていた。運んだ荷を追いかけてくる者がいないか。届けた物が直後に奪われては、運んだことにはならない。

雨が埋め尽くす通りに人の気配はないが、円十郎は傍らの雑木林に身を隠した。そもそも今回は〈運び屋〉の仕事ではないのだから、理緒の文を追いかけている者がいるはずもない。それでも少しだけ待機しようと思った。

——真介さんを見送ろう。

志のために何かを犠牲にするという考えを理解できたわけではないが、決断し、進もうとしている友人の後ろ姿を見送りたいという気持ちがあった。

四半刻（三十分）も経たないうちに、円十郎が潜む雑木林の前の通りを、網代笠《あじろがさ》をかぶった三人の僧が足早に抜けていった。

そのうちの一人の体軀に、どこか見覚えがあった。

上背があり、体が分厚い。三人の僧はいずれも身の丈と同じ長さの錫杖《しゃくじょう》を握っているが、頭一つ背が高いその僧の拳は際立って武骨だった。

見送った後、円十郎の胸に違和感が残った。身を隠していた木の陰から顔だけ出す。三人の僧は円覚寺の石段の前で止まり、総門を見上げている。円十郎は違和感の正体に気がついた。錫杖に遊環《ゆかん》が付いていないのだ。

——音がしないから、変な気がしたのか。

思い当たった瞬間に、円十郎は雑木林の中を走った。突っ切れば円覚寺の塀にたどり着く。雨の音に自分の足音を混ぜ込みながら駆け、塀に手をかけて一息に飛び越えた。

境内の端を進み、裏から総門の屋根に登った。真介の声がする。

「貴様、追手か」

声が揺れている。怒りというよりは、混乱している様子だった。

屋根の端から下を覗くと、総門を背にした真介を囲むように、三人の僧が立っていた。真介の正面は、背の高い僧である。左右の二人は遊環がない錫杖の先端を真介に向けている。錫杖からは殺気が放たれており、槍のように鋭く感じられた。

「お主を引き取りに参った。同道願おう」

正面の僧が低い声で言う。

「引き取る？」

「それが我々の役目でな」

背の高い僧は両肩をすくめた。網代笠の下に見える口元が笑っている。

円十郎は真介の足元に落ちている紙を見た。雨に濡れて滲んでいる。そこには青木真介様という宛名と、

〈さやうなら　りを〉

という、短い別れの言葉だけがあった。理緒の文はたったそれだけなのかと怪訝に思い、その真意を読み取ろうと考えかけたが、真介が刀を抜く音がしたため、意識を四人に向けた。

「水戸からの指示か」

「依頼人のことは言えぬ。手向かいするのだな？」

正面の僧の笑みが深まる。

「足の骨を一本、いただこう」

左右の僧が錫杖を振りかぶった。円十郎は懐から棒手裏剣を三本抜き出し、素早く打った。左右の僧の腕に刺さる。正面の僧は、錫杖で簡単に棒手裏剣を叩き落とした。

「真介さん、逃げろ」

円十郎は言いながら屋根から飛び降りた。右の僧が落下してくる円十郎を受けようと、錫杖を横向きに掲げた。円十郎は錫杖に両足を乗せ、再び跳んだ。錫杖を蹴られた勢いで、僧は尻餅をついた。

宙で体を回転させる。眼下に真介が見えた。円十郎は左にいた僧の頭を越えながら、落下の勢いを乗せた肘を頭頂に叩きつけた。その僧は膝から崩れ落ちる。

水しぶきを上げて地に降り立った円十郎は、低い姿勢のまま駆けて、起き上がった右の僧に肉薄した。錫杖が突き出される。遅い。円十郎は少しだけ横に避けた。顔の傍をかすめた錫杖を摑んで制しながら、右の拳で鳩尾を打つ。それでこの僧も水たまりに沈んだ。

「円十郎、これは一体……」

事態に頭が追いついていない真介を、円十郎は後ろ手で門のほうへ押す。

「……そうか、〈運び屋〉はお主だったのか」

仲間二人が倒されたにも拘らず、背の高い僧は嬉しそうに言った。

「その躰術を見ればわかるさ」

円十郎は何も答えなかった。この僧は、和泉橋で対峙したあの男だ。

「奇遇も奇遇だ。まさか〈風《かぜ》〉に遣った者が、〈運び屋〉とは」

くっくっ、と喉で笑う。

――顔と名を知られたか。

この男を生かしてはおけない。円十郎は手甲から苦無を二本抜き、両手に握った。

「円十郎と言うのだな。憶えておこう。俺は、兵庫《ひょうご》と呼ばれている」

この男――兵庫は、例の〈引取屋〉だろう。仲間内の通り名であれば知られても不都合はないという考えなのか。

あるいは円十郎を殺し、真介を引き取って水戸藩に渡せば、兵庫の名は誰も知らないことになる。だから名乗ったのかもしれない。

兵庫が錫杖を旋回させ、中腰になった。

「参る」

兵庫は踏み込み、錫杖を振り下ろした。降りしきる雨の雫を弾きながら落ちてくる一撃は稲妻のようだ。円十郎は後ろに跳んで躱した。跳びながら苦無を投じる。顔面を貫く勢いの一投は、避けようがないものだった。

円十郎は驚愕に目を剝《む》いた。兵庫は飛来する苦無に、歯を剝き出しにして噛み付いた。

激しい歯ぎしりが響き、苦無が止まった。兵庫は苦無を爪楊枝のように吐き捨てた。

「境内に！」

円十郎は鋭く言い、真介を押した。この男は異常だ。斃《たお》せない。そう直感した。とにかく真介を逃がすことだ。

真介もまた呆然としていたが、円十郎に押されて我に返った。戦おうとせずに総門を潜ったのは、円十郎と同様に、兵庫を人外の存在だと認識したからだろう。

円十郎は素早く棒手裏剣を抜き、矢継ぎ早に四本打った。打つと同時に、走る真介の後を追った。肩越しに振り返ると、深手を負わせるつもりで打った棒手裏剣は兵庫のどこにも刺さることなく地に落ちている。

真介はすでに、楼を備えた壮大な山門にたどり着いている。寺の者を呼ぶことができれば、兵庫も退くだろう。円十郎は背中に殺気を感じながら駆けた。

山門の手前で、円十郎は咄嗟に前に飛び込んだ。刹那、頭があったところに暴風が吹き過ぎた。転がりながら後ろを向くと、錫杖を振り抜いた姿勢の兵庫がいた。飛び込まなければ、円十郎の頭は無惨に飛散していただろう。

ゾッとする間もなく、兵庫が錫杖を振りかざし、迫ってくる。円十郎は立ち上がり、身構えた。横薙ぎ。上体を前に沈めて躱す。切り返しが足を目掛けて飛んでくる。上体を戻す勢いを遣って、円十郎は垂直に跳躍する。そのまま兵庫の顔面に前蹴りを放った。

円十郎の蹴りは兵庫の鼻面に入ると思われたが、兵庫は顎を引き、頭頂で蹴りを受けた。岩石にぶつかったような衝撃で足が痺れる。円十郎は顔を顰《しか》めたが、顔を上げた兵庫は楽しそうに笑っていた。

地に降りた円十郎は滑るように下がり、間合いを取った。その時、真介が何人かの寺男を連れて戻ってきた。

「仕方あるまい」

兵庫は錫杖を地面に突き立てながら言った。

「今回は、〈運び屋〉を〈颪〉に遣ってしまったこちらの負けだ。潔《いさぎよ》く退かせてもらおう」

寺男が何人いようが兵庫の相手ではないが、大きな騒ぎを起こすつもりはないのだろう。兵庫は一つ息を吐いて、

「境内で人を殺めることも憚られる。〈運び屋〉、またいつかの夜に会おう」

そう言い、兵庫は身を翻した。

——二度と御免だ。

円十郎は構えを解いた。途端に大量の汗が吹き出して来る。今の自分が持つ技や武器では、どれも兵庫に傷一つ付けられない。それがはっきりと分かった。

「円十郎、無事か」

真介が青い顔をして声を掛けてきた。円十郎は頷き返す。

「あの男たちは、一体何者だ」

「……確かめておく。また奴らが狙ってくるかもしれないから、真介さんはしばらくここに匿《かくま》ってもらったほうがいい」

「あと、人目がないところは避けるとしよう」

真介はそう言って素直に頷いたあと、声を震わせながら言った。

「理緒は一体……」

あの短い文のことだ。文と兵庫たちが全く無関係だとは思えないのだろう。円十郎はそれに対して頷き、

「聞いておく」

それだけ言って、歩き出した。

円十郎は総門を出た。すでに人影はなく、円十郎が遣った武器だけが散らばっていた。

八

円十郎は夜に深川の長屋に戻り、夜明けと同時に白山へ向かった。

兵庫に顔と名を知られたからには、この塒も安全ではないかもしれないと危惧して深く眠ることはしなかった。

白山権現近くの〈くくり屋〉が見えた。まだ開店前なのか、縁台が出ていない。〈くくり屋〉の手前まで来た時、引き戸が開いて、中から縁台が出てきた。

縁台に続いて外に現れたのは理緒だった。常と変わらない柔らかな笑みを浮かべているが、少し目元が赤く腫《は》れている気がした。

「早かったわね」

縁台を置き、緋毛氈を広げている理緒の背中に歩み寄ると、理緒が振り向かずに言った。

「色々と聞きたいでしょう？　何から話そうかしら」

振り返った理緒の顔には微笑が浮かんでいるものの、どこか冷たい。初めて見る顔のようだった。

「おまえは何者だ」

「〈引取屋〉。父がこのあたりの元締めだけど、老いたから実際にはわたしが色々と差配しているわ」

理緒はあっさりと正体を明かした。まさかと思う気持ちが大きかったが、状況を振り返れば、最も納得がいく答えだった。

「俺が〈運び屋〉だと知っていて、真介さんへの文を託したのか」

「兵庫が言ったと思うけど、一番の誤算だった」

理緒は縁台に腰を下ろし、円十郎を見上げて言う。

「ただの〈凪〉――、〈凪〉というのは、わたしたちが遣っている、噂を集めてくる人たちのことよ。〈凪〉は遣われていると知らないまま、わたしに色々なことを囁いてくれるの」

「俺はその〈凪〉だったのか」

「そう。青木さまと会ったと言っていたから、引き取りの依頼が来た時に遣わせてもらったの。それがまさか、例の〈運び屋〉だったとはね」

本当に残念そうに、理緒は溜息を吐いた。

「円十郎さんなら、青木さまが行きそうな場所を知っているかなと思って。他の〈凪〉よりも当たりそうな気がしたから、兵庫を付けたわ。的中だけど、いい用心棒に成り代わっちゃって、引き取り失敗」

まるで茶を濃くいれすぎてしまったとでも言うような理緒の気軽さに釣られないよう、円十郎は周囲への警戒を強めた。どこから矢が飛んでくるかわからない。

「心配しないで。邪魔者は消すけれど、それは仕事中の話よ。あなたがただの円十郎さんの時に、危害は加えないから」

「互いに素性を知った。今後の仕事に障りが出るなら、始末するのではないか」

「〈運び屋〉はそうなの？　わたしたちは違うわよ」

理緒はからかうように笑って言う。

「頼まれた物を引き取ってくる。それが〈引取屋〉なの。円十郎さんは今回邪魔者だったけれど、今は違うわ。明日の夜にまたそうなるかもしれないからといって始末するなんて、そんな人殺しの集団ではないつもりよ」

真っ直ぐな眼差しに、円十郎は頷き返していた。きっと理緒は嘘を言っていない。〈運び屋〉も仕事中に争った相手を、その後、見つけ出して始末することはしない。

「わかった。その点は信じよう」

そう言うと、理緒は嬉しそうに微笑んだ。

「他に信じられないことがあるの？」

「あの涙は、俺を利用するためのものか」

結び文を託した時の理緒は、本当に真介の身を案じているように見えた。

問いに、理緒は顎を引いて俯いた。しばしの沈黙の後、理緒は顔を上げた。

「嫌なお客さんでも、注文されたら団子を出すの。それが仕事というものでしょう？」

「……そうか」

円十郎は理緒の柔らかな笑みから目を背けた。理緒が低い声で言う。

「あなたの恵比寿さまに伝えておいて。お互い、腹に収めておきましょう、と」

理緒は日出助が〈運び屋〉の元締めであると分かっているようだ。円十郎が〈運び屋〉だと分かれば、日出助にたどり着くのは容易に違いない。

円十郎は動揺を隠すように理緒に背中を向けた。すると、理緒の声と息が耳朶《じだ》をかすかに震わせる。

「またね、円十郎さん」

円十郎は聞こえない振りをして、日出助がいる〈あけぼの〉へと向かった。

日が中天に上るまでにはまだ間がある。船宿にはまだ客はいないが、手下の男たちが忙しく出入りしていた。

日出助がいる小部屋に入ると、円十郎は真介と理緒、そして兵庫の話を報告した。日出助はまず、円十郎の無事を喜んでくれた。

「まさか〈くくり屋〉が〈引取屋〉とはね……」

日出助は珍しく、驚きの感情を顔に出していた。

「理緒さんは、このあたりの元締めと言ったんだね？」

円十郎は首肯する。日出助は何事か考えるように口をモゴモゴと蠢かした。

「なんだか他にも〈引取屋〉がいるような言い方だ」

「〈運び屋〉も他にあるのでしょう？　〈あけぼの〉とは無関係の」

「同業者がいる、という言い方ではない気がするんだよ。本店から出店を任されている人が言うような感じがする」

「〈くくり屋〉は〈引取屋〉の一部分だということですか」

「思っている以上に大きな体をしているのかも」

〈くくり屋〉は枝葉に過ぎないのか。運びの仕事で争うことがある相手が想像よりも大きく、全貌が見えないことに恐れを抱きかけたが、

「どれだけ規模が大きくても、対峙する相手は目に見えます」

百人を同時に相手にするわけではないのだから、無闇に恐れる必要はない。日出助は円十郎が言いたいことを理解したのか、何度も頷いた。

「しかし、因果なものだね」

やれやれと言う日出助に、円十郎は首を傾《かし》げた。

「あたしらに運びを頼む人には、事情がある。決して奪われたくないものがある。自分たちではあぶなくて運べないから、金を出すのさ」

「〈引取屋〉がいるから、〈運び屋〉の仕事があると?」

「何者かに奪われる心配がなければ――つまり〈引取屋〉のような者がいなければ、〈運び屋〉を頼る人はいなくなる。逆から見れば〈運び屋〉がいなければ自力で欲しい物を奪えるのだから、金のかかる〈引取屋〉に依頼する必要はない。あたしらは、互いに価値を引き出しあっているのだね」

日出助はしみじみと言った。

「商売敵さ。でも互いがいるからこそ、商売が成り立つ。だから理緒さんは、ともに知り得た正体を腹に収めようと言うんだ」

円十郎はそう説明されて、去り際の理緒の言葉の真意がわかった。互いに仕事の邪魔だが、いなければ仕事自体がなくなりかねない。〈運び屋〉と〈引取屋〉は、そういう関係なのだ。

「運びの最中に会えば、容赦はしません」

「そうしてくれると助かるよ」

話を終えて小部屋を出た円十郎は、一階に降りた。博打の壺振りが数人。その中に半兵衛もいた。

円十郎は半兵衛の影がある横顔を見た。

真介との会話のことを思い出す。父は、何を思って過ごしているのだろうか。

視線に気がついたのか、半兵衛がこちらを見た。いつもは同時に――どちらかというと円十郎が先に目を逸らす。

半兵衛はいつもと同じ、暗く、物言いたげな目をしている。これまでであれば無性に腹が立ったものだが、今は違った。詫びたくても詫びてはならないことがあるのなら、せめて気持ちだけは汲み取ってやろうと思えた。

「円十郎」

半兵衛が名を呼んだ。一年か、それ以上長く聞いていない響きに、束の間、固まった。

「良い小刀はあったか」

まわりの壺振りたちも、何事かと目を見合わせている。

「……いえ」

気がつけば半兵衛が目の前に立っていた。自分の鼻より下にある父の額を見て、こんなに小さかったか、と驚きを覚えた。

半兵衛は、そうかと呟くと、己の左腰に差していた脇差を鞘《さや》ごと引き抜いた。

「日出助が、おまえを褒めていた。これはその祝いだと思ってほしい」

半兵衛の目には、いつもの暗さがあった。お互いに、ふと目を逸らしてしまいそうになる。

脇差をなかなか受け取ろうとしない円十郎に、半兵衛は言葉を重ねた。

「これは家伝の、相州正宗の業物で――」

円十郎は差し出された脇差と、それを握る半兵衛の皺だらけの手を両手で包み込んだ。

「お気持ち、頂戴します」

半兵衛の目が驚きに見開かれ、そして、嬉しそうに笑った。

百両の荷物

一

開いた目を刺す光。円十郎は陽が間もなく中天に達しようとしていることを察した。

こめかみのあたりに感じるズキズキとした痛みに顔を顰めながら上体を起こす。

——昨夜も寝付きが悪かったから……。

誰にともなく言い訳をしつつ、円十郎は目をこする。

このところ、同じような夢ばかり見る。それは必ず己の死とともに終わり、目覚めてもなお、どこかに痛みを残していく。眠ることが怖いとも思う。

安政六年（一八五九年）十月。夜着に包まっているのが心地よい季節だというのに、円十郎は不快感に苛《さいな》まれている。

依頼された物を、時には人を殺してでも引き取ることを仕事とする〈引取屋〉の男、兵庫。先月、円十郎は依頼された荷物を運ぶ際に、兵庫と対峙した。

——どうすれば、斃せるか。

あの日から常にそのことを考えている。いや、考えさせられているというほうが相応しいかもしれない。

〈運び屋〉と〈引取屋〉は仕事柄、敵となり得る。〈運び屋〉への依頼は安くない。多額の金を払ってでも運んで欲しいと託す荷物は、別の誰かにとっても価値がある物だ。それを横取りしたいと願う者は、〈引取屋〉を頼る。兵庫と仕事がかち合うことは今後増えるに違いない。

昨今は大老・井伊直弼による尊皇攘夷派への弾圧が激しい。黒船来航以来、様々な思惑が交錯する世の中では、荷物を誰かに人知れず届けたい者が増えている。運ぶ荷物が何かということは円十郎たち〈運び屋〉には関係ない。誰が何処に何を送るのか知ろうとしないことが〈運び屋〉の掟である。

ただ運べば良いという単純な仕事だが、決して許されないのは荷を奪われることだ。兵庫のような強敵が現れた時に、荷を守り切る実力が不可欠である。だから円十郎の頭は、眠っている時ですら兵庫との闘い方を模索している。だが考えれば考えるほど、逆に負ける光景ばかり浮かんでしまう。

鍛えてきた己の技は、あの男には通じないのか。どのような技を身につければ、斃すことができるのか。

――このままでは、まずい。

夢の中ですら勝てないのだ。実際に対峙した時に、頭と体はどうしようもなく萎縮《いしゅく》し、まともに向き合うことも難しくなるだろう。

わずかでも良い。光明を見つけなければ。円十郎は腰を覆う夜着を握りしめながら、土間に広がる光をじっと見つめた。

「――さん、円十郎さん」

名を呼ばれた気がして、円十郎は瞬《また》きをした。土間の上で細い人影が揺れている。

「いらっしゃいますか？」

誰かが腰高障子の向こうから、小声で呼びかけている。細いけれども、しっかりと耳に届く女人の声だ。円十郎は、夜着を除けた。その物音が耳に届いたらしく、

「……開けます」

ガタガタと音を立てて戸が横にずれた。滑るというには程遠い建て付けの悪さは、この棟割長屋に住み始めた頃からである。

昼のまばゆい光が飛び込んできて、円十郎は眉根をギュッと寄せた。土間に入ってきた女人はその顔を見て、小さくため息を吐く。

「いまお目覚めですか。今から引っ越すことはご存じですよね」

冷たい口調だが、清らかな雪解け水を思わせる声だから、嫌な気分にはならない。

「ずっと前から起きていましたよ、お葉さん」

「布団から出ていない人に言われても、信じられません」

柳橋にある船宿〈あけぼの〉の女中お葉は、その切れ長の双眸をさらに鋭くして言うと、土間と、円十郎が座っている四畳を見回す。

「わたしが引っ越しの日にちを間違えていましたか」

鼻梁が高く、顎先が細いお葉に見据えられると、刃物を突きつけられているようで少し怖い。

「……いえ、荷造りなどすぐにできます。たいして物がありませんので」

円十郎は煎餅布団から転がり出ると、夜着ごと布団を丸めた。四畳の隅の行李から腰紐を引き出して布団を括る。

「土間のあたりは片付けますので、そちらはお願いします」

言うなりお葉は草鞋や脱ぎっぱなしの足袋などを拾い集める。上がり框の傍に投げ出されていた下帯も、わずかな躊躇もなく摑み上げ、洗い物を溜めている桶に投げ込む。

「すみません」

ちゃんと片付けておけばよかった、と円十郎は後悔した。気恥ずかしさに謝るが、お葉は超然としている。

「こんなもの、乙女《おとめ》でもなし」

お葉は円十郎の三つ年上の二十二歳で、過去に一度嫁いだが離縁したと、〈あけぼの〉の主である日出助から聞いたことがある。

酒や肴《さかな》を運んで行き、そこで客にしつこく絡まれることも多いという。お葉は丁寧に給仕しながらも冷たくあしらうことが常で、それが良いと癖になって通う客もいるらしい。

この間までお葉の名も知らなかった円十郎だが、日出助からそういう話を聞き、改めてお葉の声と容姿を認識すると、通い詰める客がいることも納得できた。

そんなお葉に下帯を拾い上げられると、長屋の女房たちに見られるのとはまるで違う気まずさを感じた。

「それにしても、本当に物がありませんね」

お葉はあっという間に土間のあたりを片付け終えた。鉄瓶と湯呑や茶碗がある程度で、米や醬油、味噌などはない。外で飯を食べることが大半で、たまに結び飯を買って帰り、朝、湯漬けにして済ませることもある。

「寝て起きるだけですので」

そう返しながら、円十郎も荷造りを終えた。行李一つに丸めた布団。それで全部である。持っていた読本や軍記物などの書物はすべて、数日前に〈あけぼの〉に返していた。

「その袴は？」

お葉が指し示す黒い袴を、円十郎は着け始める。

「行李に入り切らないので、着けていきます」

あとは父である半兵衛から譲り受けた、相州正宗の脇差を帯びれば、ほかに家財道具はない。

「簡単なものですね」

お葉は少し呆れたように言う。

「物を持たないのも良いですよ。身軽です」

「日出助さんも、ここまで何もない暮らしだとは思われていないのでしょうね」

そうでなければ、お葉を手伝いに行かせないだろう。円十郎は無用だと言ったのだが。

「次の長屋はもう少し広いのですから、自炊してはどうですか」

茶屋〈くくり屋〉の看板娘であり、〈引取屋〉の元締めでもある理緒に、この長屋は知られている。それを知った〈あけぼの〉の主で〈運び屋〉の元締めである日出助は、塒を知られているのは都合と気持ちが悪いだろうと言って、別の長屋を用意してくれた。

「広いのですか？」

お葉はますます呆れる。

「引っ越し先を見ていないのですか？　この調子だと、どこにあるのかもご存じないのでしょうね」

「そのとおりです」

「呆れました」

お葉はため息とともに言った。

「少しは身の回りに気を遣ってはいかがですか」

円十郎は肩をすくめた。欲しい物などないし、贅沢をしたいとも思わない。身につけてきた躰術を活かすことで金を得られ、かつ性に合う仕事ができればそれでよかった。

「ちゃんとしないと、長生きできませんよ？」

「そうかもしれませんね」

長生きしたいわけでもない、と円十郎は思った。だとしたら、なぜ日々生きているのだろう。死にたいわけでもないから生きているのか、と柄にもなく小難しいことを一瞬だけ考えた。

表に出ると、小ぶりな押し車が一台あった。これは昨日のうちに円十郎が用意していた物だ。少ない荷物を投げ込んで、円十郎はお葉の後ろを追いかけた。

「しょっちゅう様子を見に来るつもりはありませんので、ちゃんとしてくださいよ」

お葉が顔だけ振り向いて厳しい口調で言う。

「たまには様子を見に来てくれるのですか」

そう茶化すと、睨まれた。詫び、今度お礼をすると言うと、お葉は今日はじめて微笑みを見せてくれた。朝日を浴びて光る白雪のような清らかな眩しさに、円十郎は思わず目を伏せた。

二

円十郎は空を見上げた。気色悪い虹色の鱗雲《うろこぐも》が天を覆っている。あたりには木々がぽつぽつとあるだけで、他には人気も建物も何もない野道である。

懐や腰帯を手で探ると、苦無や棒手裏剣が出てきた。円十郎は二本の苦無を左右の手に握り、目を閉じた。深く息を吸い、止める。そして勢いよく息を吐き出して目を見開く。

眼前に岩のような拳が現れた。円十郎は腰を落として拳を避ける。次は膝頭が顎に迫る。体を独楽のように廻して躱すと、旋回の勢いを乗せて苦無を突き出した。

金属同士がぶつかり合う高い音が響いた。円十郎の苦無の先端は、嚙み砕かれている。僧形の男――兵庫だ。口から苦無の破片を吐き出すと、遊環のない錫杖を振りかざす。

円十郎は跳び退《ずさ》りながら、もう一本の苦無を投じた。苦無は相手の左胸に突き立った。しかし兵庫は虫とぶつかった程度の反応を示すだけで、錫杖を円十郎の頭頂へ振り下ろす。

その無造作な一撃を、円十郎は躱すことができなかった。否。躱すことを諦めていた。錫杖は円十郎の頭蓋を砕き、頭を潰した。膝をつき、横臥する。空が見えた。

現実ではありえない極彩色の雲と、頭を潰されても何の痛痒も感じない奇怪な状況。円十郎はいつもの夢を見ていると気がついた。

目の端がチカチカと白く光り、それは徐々に視界いっぱいに広がっていく。そろそろ夢が終わるのだ。眩しい光に安堵を覚えながら、円十郎は目を閉じる。

――塒を変えただけではな……。

仰向けに寝転んだまま、円十郎は額を押さえた。頭の真ん中のあたりがギシギシと痛む。理緒たちに知られている長屋から離れれば、少しは寝付きが良くなるかもしれないと、淡い期待をしていた。

転居と隣人への挨拶で少し疲れもあったのだろう。たしかに、寝入りは良かった。夢に怯《おび》える間もなく目蓋が重くなり、そしてあの夢が始まった。分かっていたことではあるが、転居しただけで雲散霧消するようなものではないのだ。

汗をかいた夜着が気持ち悪く、円十郎は逃げるように転がった。ひんやりとしている板敷きに額を付け、汗が引くのを待った。

やがて、円十郎は和泉橋と筋違御門の間にある神田相生町の長屋を出た。

神田川沿いを東へ。肌寒い、冬の気配が含まれた川風を感じながら、のんびり歩いて四半刻（三十分）もかからないうちに、柳橋にある〈あけぼの〉が見えてきた。

円十郎は〈あけぼの〉に入ると、二階奥の小部屋にまっすぐ向かった。襖ごしに声をかけると、

「どうぞ」

優しげな男の声が応えた。中に入ると、文机の向こう側にいる日出助が、恵比寿そっくりな笑みを浮かべる。

「新しい長屋はどうかな？」

「前より少し日当たりが良い気がします。お手配、ありがとうございました」

「よし、よし」

満足そうに頷く日出助に小さな笑みで応じた円十郎は、文机の上に広げられている帳面をちらりと見た。

「なにか依頼はありますか」

「あるよ。ちょうど呼びに行こうと思っていたところさ」

日出助は帳面を数枚めくり、ある一行を指差した。

――小村井村、吾妻《あづま》権現裏の木箱。七つ半まで。

その下に、丸に〈松〉の字があった。円十郎は少しだけ身を固くした。〈運び屋〉の仕事は報酬の多寡《たか》や危険の度合いによって、松・竹・梅に分けられている。

「〈松〉ですか」

「金払いが良い。それと、少しくさい」

円十郎は日出助を見た。いつもの微笑だが、口角が上がり切っていない。珍しく不安が滲んでいる。

「荷物はこれだよ。朝、店の前に置いてあるのをお葉が見つけたんだ」

日出助が帳面の上に、手のひら大の長方形の何かを置いた。地味な色の布に包まれている。

「珍しいですね」

〈運び屋〉に依頼される荷物は、誰の手に渡るかはもちろん、依頼人の素性も何を届けるかも知られたくない、訳ありの物である。届け先は帳面にあるように場所と刻限だけで、運ぶ荷物自体も、何処其処から回収しろと指示されることが多い。

「わざわざここまで荷物を持って来るお客は、滅多にいないし、大事な物を店先に置いていくというのは初めてだよ」

お葉が見つける前に、道を行く誰かが持って行ってしまうこともあるだろう。不用心がすぎる。

「依頼が書かれた文と金を渡されるのはいつもどおりだけど、荷物、小判、文がひとくくりになっていたのも初めてだ」

まさか盗られても構わない物ではないだろう。そうすると、人が通らない時を知っていたか、〈あけぼの〉の人が見つけるまで見張っていたか。

「いずれにせよ、尋常な依頼ではありませんね」

「そういうことだよ。だから、円さんに託すつもりだ」

日出助に信用されていることがわかり、円十郎は内心嬉しかったが、面には出さなかった。

「いつの七つ半でしょうか」

「今日」

「わかりました」

依頼の当日中というのは珍しいことではない。円十郎は木箱らしき荷物を掴み、懐に入れた。

「危ういと感じたら、逃げるんだよ」

〈松〉の運びを遂行できる〈運び屋〉はもう一人いて、その者は剣の達人なのだと聞いたことがある。日出助はこの依頼を怪しんでいるから、身軽な円十郎が適任だと考えているのだろう。

「わかりました」

「運びの掟、言ってご覧なさい」

「一つ、中身を見ぬこと。二つ、相手を探らぬこと。三つ、刻と所を違えぬこと」

いつも以上に掟の重さを感じた。円十郎はもちろん、日出助も今回の荷の正体を知りたいと考えたに違いない。

円十郎と日出助は互いの目を見合わせ、しっかりと頷いた。掟は〈運び屋〉の信用を守るためだけではない。己の命を守るためにもある。知ってはならないことが、世の中にはある。

日出助の部屋を出て廊下を渡り、階段を降りていると、階下にお葉が現れた。円十郎が降り切るのを待って、上に行くのだろう。

「昨日はありがとうございました」

「どういたしまして」

お葉からは氷のように冷たい声が返ってきた。昨日の笑みは幻だったのかと思うほどだが、店の中ではいつもこの調子だ。お葉はさっさと階段を上って行く。

きっと客にもあのとおりなのだろう。そんなお葉が、稀に笑んでくれる。お葉を目当てに通う客への理解を円十郎は深めた。

「円十郎」

不意に呼びかけられて、円十郎は振り返った。声の主は庭にいた。

「父上」

着流し姿の半兵衛が、広くはないが小綺麗な庭の陽だまりに佇《たたず》んでいる。先日までの円十郎であれば、半兵衛が向けてくる暗い目を厭《いと》って、返事もせずに去っていただろう。

家伝の柳雪流躰術を教える道場を開いたばかりの頃とまでは行かないが、近頃の半兵衛の目には光がある。手招きされ、円十郎は素直に庭に降りた。

「励んでいるのだな」

半兵衛は円十郎が腰に差している正宗の脇差を見て言った。柄巻きの糸が擦れていることから、稽古をしていると見抜いたのだろう。

「柳雪流の小太刀術を学び直しています」

柳雪流は忍びの技だ。躰術の他に、小太刀や手裏剣の技もある。

「小太刀術は守りの技が主になる。強敵を斃すには至らぬ」

半兵衛は、円十郎が兵庫を斃す工夫をしていることを察しているように話す。

「それは、わかっています」

忍びは殺しが役割ではない。得たものを確実に持ち帰ることが肝要であるから、身を守る技のほうが重要になる。

「どこかで、改めて剣術を学ぶほうが良いかもしれん」

「考えてみます」

親子というよりは武術の師弟らしい会話だ。半兵衛とこうして昔のように話ができるのは悪い気分ではなかったが、円十郎は頰のあたりがむず痒くて仕方がなかった。

三

長屋に戻り、円十郎は服装を改めた。陽が落ちてからの運びであれば忍び装束に覆面をするのだが、日没前にその恰好ではあまりに怪しい。そこで円十郎は茶の着物に野袴という休みの武士風の恰好をして、頭には〈あけぼの〉から借りてきた深編笠を被り、首元には襟巻きをした。

届け先の吾妻権現がある向島は農地ばかりだが、江戸の通人が好む料亭もある。人目を避けるために顔を笠で隠す武士がいてもおかしくはないはずだ。襟巻きは非常の際に目元まで上げて、顔を覆うために巻いた。腰には正宗だけを帯びた。

運ぶ荷物を懐深くに押し込み、長屋を出る。実はこの時がもっとも怖い。長屋の住人と鉢合わせになれば、なぜこのような恰好をしているのかと興味を持たれてしまう。円十郎は表に人がいないことを確認してから、細く開けた戸の隙間から猫のように抜け出て、一気に往来へ出た。

あとは人混みに紛れてしまえば問題ない。円十郎はまた〈あけぼの〉方面に向かった。浅草御門から北へ上がり、雷門を横目に過ぎて吾妻橋を越える。いわゆる川向こうに入った。ここまで誰かに跡を付けられていないかと警戒しているが、今のところ気配はない。

大名家の屋敷と町家の間の道を進み、やがて業平《なりひら》橋にぶつかった。陽がどんどん沈んでいき、円十郎の長い影が橋を先に渡る。

押上村、柳島橋、そして亀戸村の橋を通って、ようやく吾妻権現の鳥居に到着した。

日没前だけに人気はないが、浮洲の森とも呼ばれる吾妻権現の境内に入るまでの参道には身を隠せる物はない。ただの参拝客を装って、堂々と歩く。懐の荷がにわかに熱を持ったように感じた。何者かの視線が注がれている。いや、荷ではない。心の臓を見られている。

——罠か。

思えばこの運びの依頼は、最初から円十郎を指名しているかのようだった。常とは違う依頼の仕方に日出助が警戒し、危地からの脱出に適している円十郎を使うことまで見越していたのではないか。

——だが、なぜだ。

円十郎が〈運び屋〉であると知っているのは、〈引取屋〉の理緒と兵庫、そして水戸脱藩の友人・青木真介くらいのものだ。円十郎を誘い出すとしたら、怪しいのは〈引取屋〉だが、仕事で衝突しない限りは手を出さないと言う理緒の言葉に嘘はない気がする。

——まったく別の誰かが、俺を狙っている。

懐の荷ではなく、己の命を奪おうとしている者がいる。その直感は確信に変わってきた。視線だけではなく、あからさまな殺気を感じたからである。

円十郎は歩を緩めずに、襟巻きをさり気なく動かして鼻と口を覆いながら、

——妙だ。

と心の中で首を傾げた。

上手いこと円十郎をここまで誘った相手が、安易に殺気を漏らすだろうか。勘付かれないよう、刃を振り下ろす瞬間まで石や木に同化する程度のことは出来そうなものである。円十郎は小さく頭を振った。相手の狙いが何であれ、荷を届け、生きて帰るだけのことだ。雑念を捨てる。頭で考えていると、いざという時に体が固くなる。

連理の楠や社殿には目もくれず、円十郎は森に入った。どこかに木箱があるらしいが、数多の木にため息を吐きたくなる。ひとまず、普通の人が来ないであろう森の奥まで進むと、思いの外あっさりと、苔がついている小さな木箱を見つけることができた。

霧のように何者かの気配が漂っているが、姿は見えない。円十郎は箱の上部の引き戸を滑らせた。中には何も入っていない。

円十郎はゆっくりと立ち上がり、振り返った。すでに左手で正宗の鯉口を切っている。その数、五つ。

陽が沈む間際に放つ赤い光を映じた刃が、円十郎を扇状に囲んでいる。

「この男で間違いないな」

一人の問いに、正面の男が応じる。

「こいつをやれば百両だ」

男たちは手ぬぐいを巻いて顔を隠している。五人とも大刀を抜いており、構えを見るに、それなりに遣える。武士か。少し言葉が荒いから、浪人かもしれない。

円十郎はさっと眺めて、一番腕が立つのは左端の長身の男だと見た。その他は構えにどこか落ち着きがなく、無闇に剣先を揺らしている。

円十郎は不意に地を舐めるほど低い姿勢となり、疾走した。左の男に迫り、正宗を抜き打つ。長身の男は大刀を脇に構え、地を這う円十郎を見据えている。

「えぇい！」

気合の声とともに、蛇の頭を押さえるように突きを繰り出して来た。円十郎は左に転がって避けながら、手を振り上げて落ち葉を舞い散らす。男は視界を塞がれる形となったが、下段から掬い上げる刀を遣った。円十郎の首に近い。予想以上の鋭さに内心驚いたが、慌てることなく半歩下がりながら旋回して躱すと、回転の勢いを足に集中し、跳躍した。

男は目の高さまで飛び上がった円十郎に顔面を蹴られると思ったのか、上腕で鼻のあたりを庇った。

――腕を落とすのは容易《たやす》いが……。

そこまですることはないだろう。円十郎はその腕を真一文字に切り裂いた。傷は深くはない。だが血が勢いよく噴き出した。男は腰が砕けたように尻もちをついた。

地に降りた円十郎は残りの男たちの様子を素早く見定める。血と叫び声に腰が引けている。もはや脅威ではない。この男たちは百両の金に釣られただけで、命を賭けて闘うつもりなどないのだ。

——血を見せることだ。

数を恃《たの》んでいる者たちは拳打の痛み程度では退かない。だが多量の血は別だ。相当な覚悟がなければ、金や見栄や恥よりも、怯えが勝る。

円十郎は、残る四人のほうに正宗を振ってみせた。何の意味もない動作なのに、短い悲鳴が上がった。円十郎は落ち葉を蹴り上げ、舞い散る葉と夕闇の中に身を隠した。

男たちは消えた円十郎に怯えて右往左往していたが、やがてもういないと判断し、腕を裂かれた長身の男を支えながら去って行った。それを円十郎は傍らの木の上から見送った。二本の木を交互に蹴りながら、一瞬の間に登ったのである。

しばらく梟《ふくろう》のように気配を殺して、周囲に人がいないことを確かめてから、円十郎は音もなく木から飛び降り、木箱の中に、依頼の荷物を納めて戸を閉めた。

その場から離れ、もはや己の手すら見えない夜闇の中から、木箱の様子を窺う。何者かが荷を回収するところを見るためではなく、先程の男たちが万が一にも戻ってきて、荷を持ち去らないかと警戒していた。

虫や鳥しかいないと見極めて、円十郎は吾妻権現を離れた。

——なんだったのだ。

来た道を戻りながら今日の運びを振り返る。

いつもとは異なる依頼の仕方や、荷物の届け先で待ち伏せされるという事態は、緊張を強いるものだったが、現れたのは取るに足らない男たち。しかも彼らは金で雇われていた様子だ。

――依頼は、俺を名指ししたようなものだ。

円十郎が運んでくるところまでは依頼人の思惑どおりに違いないが、吾妻権現での闘争も依頼人が仕組んだものだったのだろうか。襲撃のほうは荷を奪いたい敵対者の仕業かもしれない。

「それにしても百両か」

円十郎は苦笑いしながら呟いた。襲わせたのが誰にせよ、この首に懸けられた報酬は百両らしい。五人で百両なら一人あたり二十両。己の命の値段は知らないが、運びの報酬と比べると随分多い。

それだけの金を用意できる割には、人選がひどい。円十郎のことを知っていて、この命を奪うつもりなら、もっと腕が立つ者に依頼しなくてはならないと分かりそうなものだ。あの男たちが雇った者の期待を遥かに下回っていたのかもしれないが、それにしてもお粗末なものである。

ふと円十郎は、今回の依頼の本当の荷物は、円十郎自身だったのではないかと思った。依頼人の思惑どおりに円十郎は姿を現した。そして男たちが百両の首を獲ろうと待ち構えていた。〈運び屋〉が吾妻権現に届けた物は、箱に納めた荷と円十郎の首の二つであるとも言えそうだ。

――誰かにとっては俺も荷物か。

そう考えると少し笑えてきたが、笑みはすぐに気味の悪さにかき消される。

運びの仕事を成し遂げた後に覚える充足感は欠片もなかった。残っているのは、のど奥がむず痒いような違和感だけであった。

四

翌朝、円十郎は〈あけぼの〉の日出助の部屋で、運びの顛末《てんまつ》を話した。日出助は腕を組み、目を閉じて頷きながら聞いた。

「いつもより気を配ってここまで来ましたが、尾行はなかったと思います」

「しばらく、気を付けたほうが良いだろうね。他の〈運び屋〉にも伝えておくよ」

そう話を結び、日出助は文机の上に二両を置く。円十郎は眉を顰《ひそ》めた。

「ただ運んで欲しかったのか、それとも別の何かがあるのか判然としないけど、金払いは良い依頼人だったよ」

「特に危うい運びでもなかったことを考えると、多すぎます」

「他の者だったら、危うかったかもしれないよ」

「あの程度なら、俺以外でも簡単に切り抜けられますよ」

「もしかしたら、円さんの実力を測ろうとしたのかもしれない」

日出助は顎をひねりながら呟いた。

「どの程度の殺し屋を遣うべきか見極めるために、そこらへんの浪人を雇ったのかも」

「探りを入れたということでしょうか」

「もしそうなら、次は甘くないよ」

その何者かは周到に準備をする性質なのかもしれないが、今回のことで円十郎は己が狙われていることを知った。警戒する余裕を与えてしまったのは失策ではないだろうか。

だが警戒したところで、兵庫のような強敵を差し向けられたら危うい。たとえ戸に心張り棒を掛けて開かないようにしても、打ち破られたり、家ごと燃やされたりすれば防ぎようがない。圧倒的な力の前では警戒しても無駄だ。

「気を配ります」

そう告げて部屋を出た円十郎は、本腰を入れて剣術道場を探そうと心に決めた。〈運び屋〉としては強敵と戦わないに越したことはないが、どうしても避けられない場面もあるだろう。誰に狙われても負けない実力があれば良い。それだけのことだ。

すっきりしない気持ち悪さを抱き続けても仕方がない。気晴らしになにか美味いものを食ってみようか。いつもとは違うことを考えてみた。

　廊下を進むと、階段を上ってきたお葉と鉢合わせになった。お葉はちらりと円十郎の目を見ると、何も言わずに脇をすり抜けた。

「円十郎さん」

　階段に片足を下ろしかけていたところに声を掛けられ、踏み外しそうになる。円十郎は宙に浮いた足をふわりと戻し、お葉に向き直る。

「半兵衛さんが、庭に来るようにとおっしゃっていました」

　何の用だろうかと訝しんでいると、お葉は口の端を少しだけ持ち上げた。

「半兵衛さん、近頃、元気ですね」

「……病が癒《い》えたのでしょう」

「円十郎さんと話すようになってから、特に」

　背を向けていた父との仲のことを言われ、円十郎は決まりの悪さから顔を横に向けた。

「別に……」

　それで父が元気を取り戻したわけではないと言って話を切り上げようとしたのだが、

「父が嫌いだから話していなかったわけではありません」

と、考えていたこととはまるで違う言葉が口から出ていた。普段のお葉であれば話を広げることはなく、そうですかと素っ気なく返して終わりにするのだが、

「よかった。たった一人の家族なのですから、大事にしてくださいね」

いつになく柔らかい表情で言う。

「ただ、父が考えていることが、よくわからなかっただけです」

何をお葉に話しているのだろう。円十郎は勝手に動く口に戸惑っている。

「暗い顔をして、何か言ってくるわけでもない。今はその訳が少しわかったから、苛立つことがなくなっただけのことです」

「親というのは、子から見るとよくわからないものですからね」

お葉はしみじみと頷いた。

「少しでもわかってあげられるなんて、円十郎さんはお優しいですね」

そう言われると気恥ずかしさが強くなり、円十郎は逃げるように階段を下りた。

「お庭ですよ」

改めて父が待つ場所を告げてくれたお葉に、円十郎は唸るような返事をした。

階段を下りながら、父に力が付く鰻でも食わせてやろうかと考える。お葉から見ても元気になっているのなら不要かもしれないが、多く得た金の使い道としては悪くないだろう。

日当たりが良い小さな庭の真ん中に、半兵衛は佇んでいる。風に着物の袂を揺らしている姿は、柳そのものだ。

「お待たせしました」

円十郎は柳雪流躰術の師でもある半兵衛に小さく頭を下げた。半兵衛はこちらに向き直ると、脇差と同じ長さで、木の鍔《つば》が付いている木刀を差し出した。

「真剣のつもりで来い」

前置きもなくそう言って、半兵衛も短い木刀を片手で握り、下段に構える。お葉は親子の仲が良くなったから半兵衛が活き活きしていると思っているようだが、

——師の立場に戻ったことが元気の源なのでは。

親子より師弟という関係がそうさせている、と円十郎は胸の内で苦笑いをした。

木刀を片手の正眼に構えると、心気が澄み、空気が張り詰めていく。こうして向かい合うと、半兵衛はやはり武術の師であった。

隙があるように見える額を狙って動けば、下段からの切り上げが先に来るだろう。円十郎は半兵衛の狙いを封じるべく、動きの起こりを見せずに小手を打った。

半兵衛はそれを鍔で受けながら、後ろ足を踏み出し、半身になりながら左の掌底を打つ。円十郎は木刀を肩に引きながら右膝を上げ、腹を狙って来る掌底を防ぐ。押される力に逆らわず、円十郎は後方に跳んだ。

着地した瞬間に、半兵衛が上段から額を打って来た。円十郎は真横に寝かせた己の刀身に左手を添えて切り下ろしを受けつつ、右に流す。流しながら一歩踏み込み、左肘で半兵衛の顎を砕こうとする。

余人ならばともかく、半兵衛は躱すだろう。それがわかっているから、寸止めをするつもりもなく振り抜いた。案の定、手応えはなかった。それどころか、姿もない。

半兵衛は円十郎の肘鉄に寄り添うように動き、背後に回っている。後ろにいるとわかったのは、首に半兵衛の腕が絡みつき、背に木刀の先が押し付けられているからだ。

「参りました」

「足りぬな」

とん、と背中を突き飛ばされる。円十郎は向き直り、半兵衛を睨んだ。

「まるで足りぬ」

呆れたような呟き声に、円十郎の腹が苛立ちに燃える。半兵衛は何がとは言わず、また下段に構えた。円十郎は構える気になれず、ただ木刀を強く握り締めた。

「どうした」

こちらの意を汲み取る様子もなく、半兵衛が言う。昔からこうだが、今日はやけに腹が立つ。

――やはり、何を考えているのかわからん。

こちらは父の考えを解そうと努めているのに、あちらには子の思いを読み取ろうとする気がないように見える。それに、なぜこうして向かい合っているかもわからない。

――己の技を確かめたいだけか？

全力で闘うには円十郎だと力不足という意味なのか。円十郎の胸中には赤い炎が渦を巻くばかりである。

「半さん、言葉足らずはあんたの悪い癖だよ」

膠着《こうちゃく》している親子の間に入ってきたのは苦笑だった。円十郎と半兵衛が揃って見上げると、二階の部屋の窓から肘と顔を突き出している日出助が見えた。

「武術の師範っていうのは、みんなそうなのかな。ちゃんと言葉にしないと伝わらないこともあるんじゃないか？」

半兵衛のほうを見る。二階を通り越して真上を見上げ、流れる雲を睨みつけていた。しばらくそうしてから、

「何が何でも俺を斃すという気迫が足りぬ。どうせ躱されると諦めている者の技など、万に一つも当たることはない」

言い方には棘があるが、半兵衛が言わんとしていることは理解できた。これまで幾度となく半兵衛と立ち合ってきたが、一度も勝てたことはない。技を放つ。躱される。反撃を受ける。幼い頃から延々と繰り返しているだけに、負けるという結果を覆そう、何が何でも一本取ろう、という気概はいつしか失っている。

「斃せなくても仕方がない。その気持ちがある限り、おまえは強くなれぬ」

半兵衛は俯き、消え入りそうな声で続ける。

「おまえと実力伯仲の相弟子がいれば、切磋琢磨できたであろうに……」

後悔を多分に含んだ父の声に、円十郎は戸惑った。

確かに柳雪流躰術道場には、ろくな門人がいなかった。半兵衛が道端で声をかけて招いた者ばかりで、そもそも長く続かない。喧嘩自慢がいたこともあったが、円十郎の相手になるはずもない。

円十郎の相手は半兵衛に限られてしまい、鎬《しのぎ》を削るという稽古にはならない。だから相手に負けたくないという気迫を持つことができていない、と半兵衛は考えているようだ。そのような理由で、道場を繁栄させられなかったことを後悔していたとは。思っている以上に、父の性情は後ろ向きなのかもしれない。

達人と言っても過言ではない技を持つ父が、己の道場で骨のある門人たちに武術を教えることが出来ない。それがひどく憐れに思えた円十郎は、父を励ますつもりで、少し語気を強めた。

「師から賜る教えに勝るものはありません」

半兵衛は頭を小さく左右に振った。

「〈引取屋〉の男を斃す工夫はできたか?」

こちらの思いが伝わったのか、どうか。表情からは何も読み取れないが、声は平時に戻っている。

「頭の中では何度も立ち合っています」

「良い形を思い描くことも大事だが、そのとおりになることはない。動きは千変万化する」

想像の中でも勝てたことがないとは言いたくなくて、円十郎は口を噤《つぐ》んだ。

「改めて剣術を学ぶという話はどうなっている」

昨日の話だ。あの後は運びの仕事があり、そして今日である。まだに決まっているではないか。円十郎は鼻から大きく息を吸い、憤《いきどお》りを抑え込んだ。

「ああ言ったが、おまえは大勢の門人と肩を並べて、行儀よく素振りをこなせる質《たち》ではない。窮屈に感じられて、足が重いのだろう」

道場を覗く暇がなかっただけなのに、決めつけるように言う。まだ試したこともないことを、おまえには難しいと断言されると腹が立つ。

「強くなれるならば耐える覚悟はあります」

声を震わせる円十郎に、半兵衛はどうだろうか、と肩をすくめる。その仕草にますます頭が熱くなったが、日出助がやれやれと窓を閉める気配に落ち着きを取り戻す。

――こういう人なのだ、父上は。

きっと悪気はないに違いない。円十郎も正直なところ、道場で律儀に素振りを続けられる自信はあまりない。親として子の性質をわかっているから、あのように言うのだろう。

それを直截《ちょくせつ》に言うから、そんなことはないと反発したくなる。日出助が言うように言葉が足りないのはもちろんだが、言い方を考えるということも足りていないのだ。

――いちいち憤っていては疲れるだけだ。

円十郎は鋭い息を吐き出して、

「今日これから道場を覗いてみるつもりでした。ご心配なく」

そう言い捨てると、庭から室内に上がり、一度も振り向くことなく〈あけぼの〉を離れた。

五

円十郎は半日かけて、北辰一刀流玄武館、神道無念流練兵館、鏡新明智流士学館といった、江戸で有名な道場を巡ってみた。

北辰一刀流は友人の青木真介が通っていた道場だから、一番の候補にしていた。窓から中を覗き見た円十郎は、防具をつけた門弟が竹刀で打ち込む活発な様子に人並みに心が躍ったが、入門してあの大勢の中に混じることを思うと気後れがした。

問題は、立派すぎることだ。円十郎はどうしても、今はなき柳雪流躰術道場と、玄武館の有様を比較してしまう。比べること自体が間違っているのだが、狭いのに広く感じた寒々しい道場にいた己が、広いのに狭く、門人たちの汗が眩しく光る玄武館に馴染めるとは思えなかった。一旦は入ることはできても、胃の中の異物のように吐き出されるだろう。

また、物足りなさも感じた。

真介が他の道場で何年もかけて学ぶことが一年で身につくと話していたとおり、指導の仕方が明瞭で、合理的な剣術である。ここならば確かな剣術を修めることができるに違いない。だが真介から聞いたところでは、試合はあまりしないという。

円十郎はより実戦的な稽古がしたかった。竹刀では打たれてもどうということはない。真剣勝負とは似て非なるものだから、竹刀試合を重ねたところで、あまり役には立たない。

自分より強い者を相手に、死を感じるほどの緊迫感の中で稽古をしなくては、兵庫やまだ見ぬ強敵と対峙した際に活きてこない。とは言え真剣では命がいくつあっても足りないから、木刀が良い。だが今どき、木刀で試合をするところはほとんどないだろう。

玄武館を後にした円十郎の胸の内には、別世界を見せつけられた敗北感とともに、立ち合えばあの中の誰にも負けはしない、そんなところで学べることはないという矜持《きょうじ》と意地もあった。

高名な道場に通い、教わったとおりに動き、課せられた鍛錬を積んだ自分は強いと考えている者ばかりなのではないか。そういう場所に身を置いては、かえって弱くなりかねない。

円十郎は、柳雪流躰術道場とはあまりにも違う玄武館に対して卑屈な気分になっていた。

仰ぎ見てしまわないように、そうやって見下していることも自覚していた。

その後に見た道場でも、円十郎は同じ気持ちを抱いた。どこでも己は異物になると感じ、そして、誰にも負けないという自負も強くなっていた。

各道場で目にした師範代は間違いなく腕が立つ。竹刀と防具を付けた立ち合いならば、確実に勝てるとは言えない。だが実戦であれば、絶対に負けない。この見積もりには立派な道場への僻《ひが》みも含まれているだろうが、己の実力を冷静に計った上であるとも思う。

——形は違うが、父上の言う通りになってしまった。

夕日を避けるために俯いて歩く円十郎は、長いため息を吐いた。今の心持ちでは、入門しても続けられないだろう。居心地の悪さを感じつつ、まわりを見下すばかりの悪しき門人となることは火を見るより明らかだ。

——明日は運びの仕事があると良いが。

道場通いは向いていないことがわかった。自分への失望感と、父に思っていたとおりだという顔をされることから逃げるために、円十郎は何でもいいから仕事をして体を動かしたいと願った。

翌日、円十郎は昼前に〈あけぼの〉に着くように長屋を出た。朝に行くと、いつも日出助と朝餉《あさげ》を食べている半兵衛と顔を合わせてしまう。この頃合いであれば他出している。狙い通り、到着した時には〈あけぼの〉に半兵衛の姿はなかった。

「円さん、昨日はどうだったかな？」

庭でのやり取りを見ていた日出助が、苦笑まじりに聞いてきた。

「どうも、なかなか……」

日出助にならば何事も素直に答えられる円十郎だが、さすがに決まりが悪く、言葉を濁す。

「まあ、そんなに急いで道場を決めることもないよ」

顔を見て察するところがあったのか、日出助は明るい口調で言った。

「何か依頼はありますか？」

円十郎は気遣いをありがたく思いながらも、あまり続けたい話題でもないため、早速用件に入った。

「表の運びでもいいかな？」

日出助は〈運び屋〉の仕事以外にも、後ろ暗いところがない市井の人々から、重い荷物や急ぎの文などを預かり、届けることも行っている。これを表と呼んでいる。

「もちろんです」

「なんでもない文なんだけど、ちょうど人が出払っていてね。助かるよ」

日出助が荷を差し出す。

「市ヶ谷甲良屋敷まで頼むよ」

文の裏に人の名前があることを確認し、円十郎は〈あけぼの〉を出た。雲一つない空の下を歩いていると、昨日から尾を引いている気分の悪さが空に吸い取られていくようだった。

あまり来ない町だが、頭の中に絵図はある。入る道を一度間違えたくらいで、難なく柳町に着く。円十郎は届け先を確認する。

——甲良屋敷近藤《こんどう》。

とある。道端に座っている中年男に尋ね、円十郎は届け先の前に立った。

「道場か?」

お世辞にも大きいとは言えない建物だが、中から腹に響くような気合の声が漏れている。試衛館と看板が出ている。昨日の今日でまた剣術道場か、と気まずさを感じながらも、円十郎は門を潜った。

道場の入り口に立って訪いを告げると、元気のいい応えがあって、戸が開いた。出てきたのは円十郎とほとんど変わらない年頃の男だった。十八歳ほどだろうか。なにが楽しいのか笑みを浮かべている。

「どなたですか?」

やけに声が大きい。その上、妙に近くに立ってくる。円十郎はそっと下がった。

「文を預かっています。近藤さんに」

「ああ、先生ですね。お待ちください」

にこりと笑って、若者は道場に戻った。円十郎は道場を眺める。壁際で何人かが腰をおろし、初めて来た円十郎に好奇の目を向けている。あまり柄の良い目つきではなく、肌がひりついた。昨日見てきた道場の門人とは全く違う気配だ。

「ご苦労さま」

しわがれ声がして、円十郎は目の前の老人に顔を向けた。この人が近藤某だろう。円十郎は荷物を差し出した。

「……ふむ」

老人はその場で文を開き、目を通した。頭を下げて去ろうとしたが、老人が手で止める。

「なにか?」

すぐに返事を書くから届けてほしいということだろうか。円十郎が傍らの若者に目を遣ると、若者が笑みを返す。愛想が良いというより、少し軽薄な気がした。

「半兵衛どのの息子か」

老人が言った。なぜ知っているのだろうと戸惑いながらも頷き返すと、

「剣術を遣るのか」

と、脇差を指差す。

「ええ、少々」

　すると突然、若者の視線が刃物のように鋭くなった。何か飢えているような、狼のような鋭い目だ。

「おいで」

　老人は気安く手招きし、円十郎を道場に上げた。訝しんでいる円十郎に構わず、木刀を押し付けてくる。ますます困惑していると、若者も木刀を手に取った。

「ひとつ、お願いします」

　明るく言う。腕を見せろということか。それはわかったが、文を届けに来ただけなのに付き合う義理はない。断ろうと口を開くと、

「ああ、防具がないと怖いですよね」

　若者が無邪気に言う。円十郎は侮《あなど》られていると感じ、憤りを覚えた。

「いえ、ないほうが動きやすい」

　咄嗟にそう答えていた。最近たまっている鬱憤《うっぷん》を晴らす良い機会だ。道場の隅に腰をおろしている男たちの不躾な目が絡みついてくる。

「いやあ、楽しみだな」

　頬を緩めてばかりの若者は、他の道場なら叱責《しっせき》されそうなものである。

　互いに正眼に構える。相手の正眼は、半身までは行かないが体が開いている。木刀の先端は円十郎の目よりも下の鎖骨を指している。北辰一刀流などに感じた洗練された気品の

ようなものはなく、どことなく田舎っぽいと感じたが、竹刀ではなく木刀を用いるところは気に入った。

若者がにこりと笑う。立ち合いの最中に頬を緩めるなど、円十郎には考えられなかった。内心で呆れ返ったが、

「行きますよ」

ぞっとするほど低い声に、円十郎は即座に気を引き締めた。

床板を踏み抜くような足音が耳朶を震わせると同時に、木刀の先が眉間《みけん》に迫る。円十郎は左に弾こうとしたが、合わせた瞬間に抗いようのない大風のような力が加わり、木刀が手から飛んだ。

上半身が左に大きく捻じれて崩れる。足音もなく、再び剣尖《けんせん》が迫る。木刀ではなく真剣に見えた。胸を貫こうとする剣。円十郎は体勢の崩れに逆らわず、中腰のまま旋回する。

背中に暴風を受けながら向き直り、回転の力を乗せた右の拳を繰り出そうとした瞬間、胸の先に剣尖が見えた。三度目の刺突。速すぎる。拳が頬を捉える寸前に、突風に吹かれたように円十郎は突き飛ばされた。

壁際まで転がった円十郎を見下ろしながら、若者は頬を手の甲で撫で、

「危なかったぁ！」

何事もなかったかのように笑う。本当にこの軽薄な若者が、常軌を逸した速さの連続突

きを放ったのだろうか。妖《あやかし》に出遭い、化かされたのではないか。円十郎は突かれた胸の痛みも感じないほど呆然としている。

「またいつでも来ると良い」

老人が優しい声音で言う。円十郎は気がつけば頷いていた。若者が嬉しそうに歓声を上げる。

だんだんと胸の痛みが強くなってくる。眼前に右手が差し出された。顔に似合わない、無骨な手のひらだった。

「天然理心流の沖田《おきた》宗次郎《そうじろう》です。楽しかったので、またよろしくお願いします」

円十郎は沖田の手を取り、立ち上がった。その途端、猛烈な吐き気を催した。

六

日が傾き、神田川の川面に跳《は》ねる赤い光が円十郎の目を焼く。目を細め、眉を寄せているのは眩しいからだけではない。

円十郎は胸の真ん中を手のひらで撫でながら、ゆっくり歩いていた。骨の奥という言い方が適しているのかわからないが、沖田の刺突は体の芯を貫いており、少しも痛みが引かない。

道場の厠を借りてしばらく休んでから〈あけぼの〉に戻っていく途中だが、足を上げて下ろすだけの揺れで胸は痛み、時おり立ち止まらなければ苦しいほどだ。

「平気ですよ、骨を折るなんていう、下手くそなことはしませんから」

と、沖田は晴れ晴れとした笑顔で言っていたが、どうだろう。

浅草御門前の通りを過ぎて〈あけぼの〉が見えてきた。なぜ文を届けに来ただけの者が半兵衛の息子だとわかったのか。表の運びなら、運んだ荷の正体を教えてくれるだろう。立て込んでいなければ話を聞きたいと考えていると、もう数歩で〈あけぼの〉に着くというところで、中から日出助と半兵衛が並んで外に出てきた。

「おや、遅かったね」

日出助がこちらに気がついて言った。

「届け先で、いろいろありましたので」

「急に立ち合いを求められたとか？」

日出助はにんまりと笑った。傍らの半兵衛が眉間に皺を寄せて日出助の肩を小突いたが、まるで意に介さず、

「黙っていて悪かったね。文を書き、円さんに運ばせたのはこの人さ」

「運びの掟を破るな……」

半兵衛がため息を吐いた。どうやら今日のすべての黒幕は父らしい。どういうことかと

目を向けると、半兵衛は俯きながら語った。

「おまえが知っているような有名な道場では上手く行かん。あれこれ言い訳を見つけて入らないだろう。だから合いそうなところを見繕《みつくろ》った」

人の質だの雰囲気だのと考えていただけに、耳が痛かった。

「ただ試衛館を紹介すれば、覗いて終わりになりかねん。だから近藤殿に頼んで、あそこの実力を見せつけてもらった。これでもう、通わない言い訳は立たないだろう」

半兵衛は沖田のことを言っているようだ。自分の門人でもないのに自慢気なのが少し癪に障ったが、半兵衛の見通しはすべて正しかった。

相変わらずこちらの考えや行動を断定してくることには腹が立つ。それはいつも概《おおむ》ね正しいから、なおさら不快なのだ。それでも父が円十郎のことを見て、考えてくれていることとは、よくわかった。

「お心遣い、ありがとうございます」

だから円十郎は、素直に礼を述べた。試衛館に通うことが上達に繋がることは身をもって知った。通う切っ掛けもできた。感謝しないわけには行かなかった。

「今のおまえでは、勝てない相手だ」

その言葉には憤りを覚えなかった。沖田ほどの剣を遣う者は、高名な道場にもいなかった。真剣で立ち合えば、己はもちろん、〈引取屋〉の兵庫も敵わないかもしれないと思えた。沖田から一本取れるよう稽古を積めば強くなれる。円十郎はそう確信していた。

「超えられるよう、励みます」

半兵衛は無言で頷くと、日出助を促して歩き出し、円十郎の横を通り過ぎて行った。近場で酒でも呑むのだろう。日出助がちらりと振り返り、笑みを送ってきた。

二人の姿が完全に見えなくなっても佇んでいると、

「いつまで立っているのですか」

〈あけぼの〉の中から声がかかった。振り向くと、お葉がいた。手に丼を抱えている。

「どうせちゃんと食べていないのでしょう」

素っ気なく言いながら、お葉は丼を突き出した。根菜の煮染《にし》めが零れそうになっている。

「お客さんが来られなくなってしまったから、食べてください」

「助かります」

頭を下げて煮染めを受け取ると、お葉が目尻を下げた。

「わたしにはちゃんとお礼を言ってくれないのですか?」

聞かれていたとは思わず、円十郎は頰が熱くなった。まごまごしていると、

「よかったですね」

そう言い残して〈あけぼの〉に戻って行った。

円十郎は煮染めと気遣いにもう一度頭を下げると、神田相生町の長屋へ帰ろうと、来た

道を戻った。

空は黒っぽい茜色だが、長屋はすでに暗くなっている。戸の前まで来ると、有るか無きかの人の気配を感じた。

――中に誰かいる。

円十郎は音を立てずにしゃがみ、抱えていた丼を地面に置いた。そのままの体勢で、戸に左手の指をかける。右手は鯉口を切った正宗の柄に添えて、いつでも抜き打てるようにした。越してきてまだ日は浅いが、どういう力加減なら戸が音を立てないか把握している。中の気配に動きはない。指の幅ほど戸を横に引き、顔を近づけて片目で室内を見遣る。

暗い。いや、黒い。円十郎は即座に飛び退る。正宗の切っ先が鞘から離れる間際に、戸が開け放たれた。

「おかえりなさいませ！」

中から現れたのは、理緒だった。戸の隙間から見えたものは、室内ではなかった。黒く大きな理緒の目が、覗き返していたのだ。

「……なんのつもりだ」

抜きかけた刀を鞘に戻すが、完全には納めない。白山権現近くの茶屋〈くくり屋〉の看板娘は仮の姿、理緒の正体は〈引取屋〉の元締めである。隙を見せた途端に兵庫ら〈引取屋〉の面々が現れるかもしれない。

理緒は和やかな笑みを浮かべた。

「引っ越しのお祝いに来ただけなのに、ひどい言い方ね」

「なぜここだとわかった」

深川の長屋からここに移ったのは、仕事以外では争うつもりはないという話をしたものの、〈引取屋〉に塒を知られているという状況を厭ってのことだ。無論、理緒に知らせることはない。

「なぜって……」

顔が強張る円十郎とは違い、理緒は涼しい顔である。手を耳に当て、

「〈風〉の噂が、囁くの」

理緒が言う〈風〉は、〈引取屋〉の情報源だ。〈くくり屋〉に来る客の雑談や、そこで知り合った人を使って得る情報から、円十郎の転居先を突き止めたのだろう。

「あの女中さん、お葉さんは優しいの？」

理緒が迫ってくる。見えない壁に押されるように、円十郎は下がる。

「いい剣術道場は見つかった？」

悪戯《いたずら》っぽく笑いながら言い募る。

円十郎の足に触れて、地面に置いた丼が音を立てた。理緒は円十郎が何に当たったのかを確かめて、

「美味しそうな煮染めね。一緒に食べていいかしら？」

「やらん」

残念と言って、理緒は一歩下がった。風が舞い、ふわりと甘い香りが鼻先をかすめた。

円十郎は頭を振って気を取り直す。

——もっと密かに動かねば。

転居先を知られるのは気持ちが悪い。また近いうちに長屋を移ろう。そう考えていることを見抜いたのか、理緒が首を左右に振る。

「円十郎さんがどこに行っても、すぐに耳に届くの。言ったとおり、引き取りの場面で邪魔にならなければ、なにもするつもりはない。隠れる必要はないのよ。だからお店にも来てね」

そう告げて、理緒は外に出て長屋の出入り口になる木戸へと向かって行く。周囲に他の〈引取屋〉の気配はないままだ。ここは理緒を信じるべきかもしれない。塒を変えても、またすぐに見つけられてしまう気がした。

「理緒」

去りゆく背中に呼びかける。理緒はくるりと振り返り、首を傾げた。

「吾妻権現の件、おまえは関わっているか？」

部屋に誰かがいると感じたとき、真っ先に頭に浮かんだのは百両を目当てに襲って来た

刺客たちの姿だ。〈引取屋〉が何か関わっていれば、不意の質問に顔色の一つも変わるかと思ったのだが、

「向島のほう？　わたし、あっちのほう詳しくないんだけど、なにかあったの？」

ぽかんとする理緒に、逆に問われた。とぼけた顔をして誤魔化しているというのではなく、本当に知らないように見える。

「……待ち伏せされた」

円十郎は端的に答えた。それだけで理緒はあらましを察したように頷く。

「うちじゃないわ。誰かに恨まれたとか。なにか大層なものを運んだの？」

「知らん」

「まあ、そうよね」

理緒は顎に指を当てて少し考えた末に、

「あとは腕試しとか？　本命の依頼を託せる〈運び屋〉を見定めるためだった、とか」

「かなりの額が支払われた。そのようなこと、あり得るのか」

「百両を任せられるか確かめるなら、一両や二両なんて安いものじゃないかしら」

「そういうものか」

「何にせよ、気を抜かないことね。円十郎さんが死んじゃったら、わたし、悲しい」

わざとらしく目元を押さえる理緒には取り合わず、円十郎は足元の丼を取り上げる。

「あ、お団子、置いてあるから食べてね」

またね、と言って理緒が去る。円十郎はしばらく戸の前に立って辺りの気配を探り、誰もいないことを確かめてから中に入った。

畳の上に平皿があって、串団子が三本並んでいる。〈くくり屋〉で出している醤油味の団子だ。円十郎は煮染めの丼を団子皿の隣に置いて、その横に腰を下ろした。煮染めと団子を眺めていると、急に空腹を感じた。

――まさか毒は入っていないだろう。

死んだら悲しいという言葉を信じて、円十郎は団子の串を手に取り、かぶりついた。

幽世《かくりよ》の蛇

一

表戸が鋭利な何かで引っ掻かれる音。近頃、円十郎はこの音で目を覚ますようになっていた。

布団から出て土間に下りる。先日、白山権現近くにある茶屋〈くくり屋〉の理緒が置いていった団子皿を手に取り、その上に船宿〈あけぼの〉から分けてもらった焼き魚の半身を載せる。小骨はすべて取ってある。

カリカリと硬いもので引っ掻かれる音は鳴り止まない。

「待て、待て」

呟きながら皿を片手に心張り棒を外し、戸を滑らせる。朝の冷たい空気に肩をすくめながら、円十郎は腰を落とす。ニャ、という鳴き声に促され、皿を地面に置く。黒い猫が、皿の上の魚にかぶり付く。

子猫というほどでもないが、成猫になり切ってはいない。全身が黒く、尾が長い。以前からこの長屋にいる猫なのかどうかは知らないが、この黒猫はなぜか円十郎に近づいてくるようになった。

初めて会ったのは道場帰りの夕方で、体の痛みに耐えながら戸に手をかけた時だった。

長い尾を高々と上げ、黄色い目でこちらを見据えながら、ゆったりとした動きで歩いてきた。なんとなく目を逸らすことができないでいると、足元で止まり、ニャ、と短く鳴いた。それきり動かない、座ったままこちらを見上げ、なにかを待っている。

撫でろということだろうか。円十郎は丸い頭に片手を伸ばしたが、黒猫は呆れてため息を吐くように俯いた。触るなという意味だろう、と円十郎は察した。食い物かと呟くと、黒猫はまた短く鳴いた。その声はとても横柄なものだった。

飯を分ける義理などない。円十郎は戸を開けて中に入ると、振り返らずに閉めた。疲れているのに、生意気な猫に構っていられない。〈あけぼの〉からもらってきた煮染めと焼き魚を食べようとすると、戸がカリカリと引っ掻かれた。

それは間断なく続いた。よほど腹が減っているのだろうか。それならそうと、もっと可愛げを見せれば良いのに。円十郎はしばらく無視を続けていたが、ついに耐え切れなくなった。

「うるさい」

戸を開けると、黒猫はシャンと座った。ねだるでも、媚びるでもなく、澄ました顔をしている。戸を閉めると、また戸が引っ掻かれる。円十郎はため息を吐いて、残っている焼き魚を皿に載せた。

「これで良いか」

地面に置くと、黒猫は爪で魚をいじった。警戒しているのだろうかと思って見ているうちに、黒猫が小骨をいじっていることに気がついた。

「……取れということか」

鼻を鳴らされた。当たり前だろうとでも言うように。円十郎が箸で小骨をすべて除くと、黒猫はようやく食べ始めた。少し腹が立ったので、耳を指で軽く弾こうと手を伸ばすと、バシッと手を叩かれた。黒猫はこちらを一瞥し、また食べ始める。

「食ったらどこかに行け」

円十郎はそう言い捨てて戸を閉めた。その翌朝から、戸を爪で引っ掻かれるようになったのである。

円十郎は魚を食べている黒猫の頭に手を伸ばした。目を上げ、触るなという顔をする。もう何日もこうしているのに、未だに触ることを許されていない。誰のおかげで魚を食えているのだとは思うが、もう腹は立たない。小骨を取った焼き魚を差し出されることを当然だと思っているから、褒美《ほうび》に撫でさせてやろうという気はないのだろう。

「まるで姫君だな」

本物の姫など見たことはないが、読本などに出てくる我儘で気の強い姫に似ている。

いつまでも食べている姿を見ている暇はない。円十郎は部屋に戻って手早く身支度を整えた。

「おい、ヒメ」

戸を閉めながら小声で呼びかけると、黒猫が顔を上げた。

「出かけてくる」

言葉が分かるのだろうか。ヒメは小さく尻尾を横に振って、また魚にかぶり付いた。

二

柳橋にある船宿〈あけぼの〉の二階の突き当りにある小さな部屋。そこで円十郎は、主である日出助を待っている。

使い込まれた漆《うるし》塗りの文机はところどころ朱色の塗りが剝がれているが、その下に塗られた黒漆《くろうるし》が覗いているのが、味わい深いのだろう。

円十郎は身の回りの物に頓着《とんちゃく》しないし、道具にはその役割しか求めていないから、文机の縁に施された草花を象《かたど》った彫刻の価値もわからない。ただ、日出助が好んで使っているからには、良い物なのだろう。

日出助はまだ来ない。珍しいことだった。円十郎が訪れる時はいつも文机の向こう側に座っていて、七福神の恵比寿そっくりの笑みを浮かべている。この部屋に円十郎が一人でいることは初めてかもしれない。

次は筆でも眺めてみるか。暇つぶしのために文机ににじり寄ると、背後にある襖の向こうから声を掛けられた。円十郎は背筋を伸ばし、小さく返事をした。

失礼いたしますと声がして、入ってきたのは女中のお葉だった。

「なにか悪戯でもしていましたか?」

「なぜそう思うのです」

「円十郎さんは、しまったと思ったときに右の眉が下がります」

円十郎は言われたあたりを指で揉んだ。悪戯はしていないが、落ち着きのない童のように過ごしていたことを知られるのは気恥ずかしい。そんなにわかりやすい癖があったとは気づかなかった。

——しかし、よく見ている。

傍らに丸盆を下ろし、湯呑を円十郎の膝先に置くお葉を見ながら感心した。

円十郎は表情が少ない。仕事の上では無表情であるほうが良く、人付き合いも僅《わず》かだから、笑ったり怒ったりすることもない。そうしてなった能面のように変化のないこの顔から、お葉は的確に感情を見抜いていた。

「どうかしましたか?」

お葉の切れ長の双眸が目の前に現れて、円十郎は思わず身を引いた。感心のあまり、長いことお葉を見つめてしまっていたようだ。

「いや、その、丸盆が」

お葉のことを眺めていたと言うわけにもいかず、咄嗟に言った。

「丸盆？」

お葉は首を傾げ、空になった漆塗りの盆を持ち上げた。

「何が彫られているのかと気になり……」

ひと目見ればわかる。銀杏の葉だ。何枚かの葉が風に吹かれたように散らばっている。

「銀杏の葉です。もう十月も半ば。季節に合わせた意匠の物を使うようにしています」

面白くもなさそうに答えるお葉。このひとも滅多に表情を崩さないな、と円十郎は思った。色白の顔に、冷たく抑揚の少ない声から、お葉は雪を連想させる。客にも同じ調子で接する。無愛想だと嫌がられそうなものだが、かえってそれが良いと常連客は言うらしい。

「これも漆塗り……」

円十郎はつぶやいた。丸盆は文机と同じく、黒味が強い朱色である。日出助の好みなのだろうかと思ったとき、

「円さん、塗りや彫りに興味があるのかい？」

穏やかな声とともに部屋に入ってきたのは日出助である。お葉は小さく頭を下げて、日出助と入れ違いに部屋を出て行った。

そういうわけではないと言おうとしたが、文机の向こう側に腰を下ろした日出助の嬉し

そうな顔を見て口を噤んだ。

「半さんが好きでね。あたしも好きになった。昔はよく互いの品を見せ合っていたものだよ」

父の半兵衛が漆器好きとは知らなかった。一緒に住んでいた頃を思い出してみるが、彫りが施された漆器など使った憶えはない。普段遣いはせず、大事にしていたのかもしれない。

日出助は文机の、朱塗りが剝がれている部分を愛しげに指で撫でた。

「これらは鎌倉の仏師が作っている品でね。見事な仏具を作る仏師が日用品を手掛けるとこうなるんだよ」

そう言われても、詳しいことは円十郎にはわからない。だが仏師が作ったと聞くと、仏像を見る時に感じる重さのようなものを文机からも受けた。

「この文机は、きっとあたしよりも長生きするんだろうね。そう思うと、人生の伴侶のようにも、偉大な先達のようにも見えてくる」

「なるほど……」

円十郎は腰に帯びている脇差に手を添えた。父から譲り受けたこの刀は、先祖伝来の物である。刀身の長さは普通の脇差と同じだが、柄が拳一つ分ほど長い。元は長い刀だった物を短くしたのかもしれない。円十郎より遥かに長生きしていて、きっとこの先も残り続ける。そう考えると、ただの良く切れる物ではなく、敬うべき存在に思えた。

「さて、仕事の話だ」

日出助が文机の上に帳面を広げた。円十郎は雑念を瞬時に捨て去り、指で示されたところを読む。

「丑三つ。小伝馬千代田稲荷。暁七つ。赤坂氷川明神」

そして末尾には〈松〉の一字。顔を上げると、笑みのない日出助と目が合った。

「運びの掟、言いなさい」

いつもなら、言ってご覧、と柔らかさのある言い方をする。何があっても掟を守れと言われているのだと、円十郎は理解した。

「一つ、中身を見ぬこと。二つ、相手を探らぬこと。三つ、刻と所を違えぬこと」

荷の受け取り場所の近くには牢屋敷がある。そこには、大老・井伊直弼によって捕縛された人々も収監されている。そして運び先の周辺には大名屋敷がいくつもある。昨今の世情と照らし合わせれば、この運びに危険の匂いが強いことは言うまでもない。

「もうひとり、〈松〉の仕事を任せられる〈運び屋〉がいる。今回は念のため、彼にも出てもらうことにするよ。円さんに何かあれば、助けに入る」

「かしこまりました」

円十郎は頭を下げて部屋を出た。荷の受け取りは今夜の丑三つ。しっかり準備を整えるために長屋に帰ろうとしたが、草履を履いたところで、一つ約束事があったことを思い出した。黙って破るわけにもいかず、かといって人を遣って伝えるだけでは、約束の相手が拗《す》ねかねない。

「才蔵《さいぞう》さん」

円十郎は室内に向き直ると、煙管をくわえている船頭に声をかけた。〈あけぼの〉で一番舟の扱いが上手いと言われている、三十歳前後の男だ。

「なにかご用ですかい、円さん」

明るくて大きすぎる声が返ってくる。赤銅色に日焼けした才蔵は煙管を盆に打ち付け、笑顔で立ち上がった。

「舟を出してもらえますか」

才蔵は威勢よく返事をすると、円十郎を猪牙舟《ちょきぶね》に導いた。

「お急ぎで？」

櫓《ろ》を握る才蔵の腕に、太い筋が浮かぶ。

「それほどでも」

「じゃ、かっ飛ばしますぜ」

ゆっくり川を楽しみたいと言わないかぎり、全力で漕ぐのが才蔵だった。円十郎は両手で舟の縁を摑んだ。他を凌ぐ速さだが、不思議と大きく揺れることはない。川風が強く吹いて寒かったが、心地よさが上回った。

舟を牛込御門のあたりで止めてもらう。円十郎は感謝を込めて一分金を才蔵の手に置こうとしたが、固辞された。

「それで良いもの食って、体、強くしてくださいよ」

古くから〈あけぼの〉にいる才蔵は、日出助から信頼されている。そのため円十郎が〈運び屋〉であり、己を鍛えるために剣術道場に通っていることも知っていた。

「今度、良い酒を買ってきます」

「酒を呑まない円さんに、わかるのかな。高ければ良いわけじゃ、ありませんからね」

朗らかに言って、才蔵は舟を川の中ほどに戻した。軽く手を振ると、あっという間に見えなくなった。

少し歩いて市ヶ谷甲良屋敷にある天然理心流試衛館に入ると、約束をしていた相手である沖田宗次郎が、防具を着けて道場の中央にいた。やや半身となる平晴眼に構え、対峙している男の鎖骨に木刀の先を向けている。

沖田と向かい合っている男も平晴眼。沖田の突きを警戒して、すぐに動けるよう、体の重心を左右に絶え間なく変えている。静から動ではなく、動から動へと繋げるほうが速いという考えだろう。

その男の、背中に垂れた面紐が、重心の移ろいに合わせて揺れている。赤い紐。鮮血を思わせる明るい赤。試衛館——いや、他の道場でも、赤い面紐を使う者はいない。

赤い紐の男が声を発し、振りかぶった。沖田が即座に反応し、突きを放つ。それは男の誘いだった。沖田の面ではなく、前に伸びた木刀を叩き折る勢いで振り下ろす。

ふふん、と笑う声が聞こえた気がした。

沖田は手首をくるりと回して木刀を狙った一撃を躱し、そのまま男の小手を強く打った。

「……参った」

「突きだけじゃないんですよ、俺は」

痛みに苦々しい声を出す男に向けて、沖田は楽しげに言う。二人は井戸端で汗を拭うのか、そのまま並んでこちらに歩いて来た。空いた道場の中央には、すぐさま別の二人が躍り出る。盛んに気合を発して、素面素小手で打ち合う姿は荒々しい。

「あ、円十郎さん、待っていましたよ」

道場の出入り口に立っていた円十郎に気がついて、面を外した沖田が朗らかに言った。後ろにいる赤い面紐の男も面を外す。中から出てきたのは、歌舞伎役者のように整った顔である。

沖田は無邪気な笑みのまま後ろを見遣り、

「遅いから、土方《ひじかた》さんの相手をして待っていたんですよ」

まるで童に構ってやっていたような言い方だが、土方さん——土方歳三《としぞう》は、怒るでもなく、苦い微笑を浮かべた。もし円十郎が土方の立場でも、きっと同じような顔になるだろう。沖田は円十郎の二つ年下で、土方とは七つほど年が離れている若者だが、その剣の実力の差は、大人と子供と言っても過言ではない。

——土方さんも、かなり遣えるのだが。

円十郎は二度ほど、土方と稽古をしたことがある。荒々しさの中に驚くような鋭さがある剣だった。試衛館に正式に入門したのは今年で、それまではあちこちの他流道場を訪ねて剣の腕を磨いていたのだという。真剣を用いればかなり強いだろうなという印象を、円十郎は持っている。

ここはお世辞にも、人気の道場とは言えない。だが門人や食客たちには実力者が多く、中には小野派一刀流や神道無念流の免許持ちもいる。不思議と猛者が集まっているが、沖田は誰よりも強かった。

——天賦の才とは、このひとのためにある言葉だろう。

円十郎は沖田と何度か立ち合っているが、一度も剣や拳が届いたことはない。もう少しで打ち込めると思っても、次の機会ではまた遠ざかる。

「井戸に行きましょうよ」

沖田に促され、円十郎と土方はその後を追う。井戸端で手拭いを濡らして、沖田が諸肌《もろはだ》を脱いだ。現れたのは、愛嬌のある顔には似つかわしくない鋼のような肉体。墨で描いたようにくっきりと割れている腹部の筋肉と、肌がはち切れそうなほど逞しい腕。この体があれば、あの神速の突きが放てるのだろうか。

「腕、平気ですか？」

打たれた腕を濡れた手拭いで冷やしている土方に、沖田が笑みを浮かべながら聞いた。

「心配するくらいなら、あんなに強く打つな」

「甘っちょろい稽古じゃ、満足しないでしょ？」

「当て方ってものがあるだろう」

「いやだなあ。俺が手加減できない下手くそみたいじゃないですか」

下手なわけはないが、沖田の稽古は荒い。

「円十郎さん、約束どおり、このあと一本やりましょう」

「いや、用事ができたので断りに来ました」

あからさまな不満の声を上げる沖田に、円十郎は小さく頭を下げた。沖田に稽古をつけてもらう約束をしていたが、すれば必ずどこかを痛める。大事な運びの仕事の前にするべきことではない。

「約束を破るなんて……」

口を尖らせる沖田に土方が言う。

「おまえが荒っぽいから、嫌になったんだろう」

「……今日はそのとおりです」

円十郎は否定できずにそう言った。

「打ち身なんてすぐ治りますよ。そうだ、土方さんの薬が良い」

「それが良い。柳瀬、買え」

「薬ですか」

首を傾げた円十郎に、土方が切れ長の鋭い目を向ける。

「家伝の石田散薬だ。打ち身、切り傷に効く」

「……何が入っているのですか」

「そんな簡単には教えられねえ」

「すごい薬でしてね、酒で飲むんですよ」

にやにやしながら言う沖田のせいで、なにやら胡散臭い薬に聞こえる。買いたくなくて話を少し逸らす。

「土方さんは薬を作っているのですか?」

「売り歩いているだけだ。薬箱を背負って、ぶらぶらとな」

「その姿も、まあ様になる。見た目に騙されて買っちゃうんだろうなあ」

沖田は土方の薬を信じていないようだ。土方は怒ることもなく、

「効くと信じて飲めば効く。中には石田散薬しか飲まないという爺さんもいるくらいだ」

酒と一緒に飲むというから、酔いで痛みに鈍くなるだけではないのだろうか、と円十郎は思ったが、口には出さない。

「それで、いくつ買う」

詰め寄る土方に、円十郎は首を左右に振った。

「今日は持ち合わせがないので、またの機会に」

「次はちゃんと俺と立ち合ってくださいよ」

沖田の言葉に、円十郎は深く頷いた。沖田と実戦さながらに立ち合うと、思いがけない動きができる。沖田たち強者と向かい合うことで、確実に強くなれている。

「必ず」

円十郎は今夜の仕事のことを考えた。これまでになく危うい匂いがする運びだ。下手をすれば、沖田との約束を永遠に果たせなくなる。

「俺ももう帰る」

土方が言う。沖田は早いと文句を言うが、土方は蚊を払うような仕草をした。

「おまえと違って仕事があるんだ」

「しょうがない。俺もやってきますかね」

沖田は道場に向き直り、いたずらっぽく笑う。

「何とかという剣術の免許持ち連中に、剣を教えてやらないと」

この若者にかかれば、名だたる道場の実力者でもこの扱いだ。円十郎と土方は苦笑するしかなかった。

三

円十郎は千代田稲荷に近い馬喰町の旅籠《はたご》の一室で、丑三つ時を待っている。〈あけぼの〉で待機していても良かったのだが、〈引取屋〉に和泉橋で狙われたことを教訓に、あらかじめ荷の受け取り場所の近くで待つことにしていた。橋は前後左右から見られやすく、弓矢で狙われてはかなり苦しい。今回の運びは、あの時以上に警戒するべきだと感じていた。

窓から顔を出す。月の光は薄い雲に遮《さえぎ》られており、闇が濃い。運びには悪くない。円十郎は顔を引っ込めて、正宗の脇差を腰帯の後ろに差した。闇に溶け込む忍び装束。黒い布で面を覆い隠し、音もなく屋根に出る。

人の姿はどこにもない。完全に寝入っている江戸の町。その上を、円十郎は影のように走った。通りにぶつかる。屋根が途切れた。足を緩めることなく、飛び降りる。膝と手を遣って着地の衝撃を殺し、音も消す。付いた手で地を押し、曲げた膝を伸ばす際に生じる力を活かして走り出す。目の前に現れた家の壁を三歩駆け上がり、軒先に指をかけて屋根の上に上がる。

小伝馬上町の千代田稲荷に着いた。素早く周囲を見渡して人の気配がないことを確かめてから、円十郎は社の中から荷物を取り出した。封書のようだ。それ以上は考えず、懐に押し込んで通りに出た。

左右を窺う。右に進めば牢屋敷がある。その前を通るのは危ういと考え、円十郎は左に進んだ。すぐに四つ角で、南に折れた。屋根には上がらず、通りを駆ける。人気はないが、通りを真っ直ぐ進むのではなく、四つ角に出るたび、右に左に曲がった。やがて小網町に出た。

白い壁の蔵が軒を連ねる鎧河岸。今は夜闇に塗りつぶされて、暗く沈んでいる。円十郎は足を止めた。正面から、射抜くような視線を感じた。土蔵に背を付けて、対岸と左右を探る。人はいない。だが見られている。この目を知っている、と円十郎は思った。

以前の運びだ。吾妻権現の参道で感じた、心臓を貫くような視線。

音がした。夜の帳を切り裂きながら向かってくる。前に跳んでそれを避けた。視界の端で音の正体を見極める。苦無。円十郎は身構えた。四つの影が、土蔵の上から降って来た。四方を囲まれる。

円十郎は両手に苦無を握ると、見もせずに後方に投擲《とうてき》した。当たらなくとも一拍の間が生まれたらそれで良い。地を這うようにして動き、川沿いに立つ影に迫る。その影は円十郎を踏み潰すような蹴りを繰り出した。円十郎は川に身を投げ出すように右に跳んで蹴りを躱しながら、相手の後ろ足を摑んだ。

敵は引き倒されないように地を踏み締める。円十郎はその足を軸にして、川面とほとんど平行になりながら、宙を滑った。背後を取る。足を摑んだ手を離さないまま、円十郎はその膝裏を踏み抜く。片膝を付いた敵の側頭部に肘鉄を叩き込むと、声も上げずに地に延びた。

背に殺意が迫る。円十郎は低い体勢のまま旋回し、突き出された短刀を躱した。伸びている腕を摑もうとしたが、敵は即座に間合いを取った。先程まで後方にいた二人のうち、一人は腿を押さえて蹲っている。投げた苦無が上手い具合に刺さったようだ。

正面に二人。円十郎と似たような忍び装束である。どちらも短刀を抜いている。構えに浮ついたところはなく、手練だとわかった。

円十郎は動いた。膠着しては後手に回ることになると感じた。

手前の敵に前蹴りを放つ。敵が伸びた足を腹で受けて捕まえようと、腰を落とし、全身に力を込めた瞬間、円十郎は敵の腹に向かっていた右足を跳ね上げ、鎌で草を刈るように、敵の首を蹴り抜く。首の骨が軋む感触があった。

糸が切れた操り人形のように倒れた敵を尻目に、残る一人に向かう。短刀を細かく遣われ、懐に入れない。立ち回りの中で、円十郎は川を背にしていた。大きく下がり、間合いを取った。敵が追い縋る。前に出て、脇をすり抜けた。相手は執拗に円十郎の背中を追いかけてくる。

眼前の土蔵の壁を二歩で駆け上がり、三歩目は強く蹴り、とんぼ返りを打つ。眼下に短刀を握った敵が見えた。地に降り立つと同時に、がら空きの背中を蹴る。敵は壁に顔を強かに打ち付けて、苦悶の声を上げた。円十郎はその後頭部を鷲摑みにして、再度、壁に叩きつけた。

――これで四つ。

地に伏した敵を見ながらも、円十郎は油断なく気配を探った。最初に飛来した苦無の軌道は、真っ直ぐだった。上から降りてきた四人とは別の者がいるはずだ。

「良い腕だ。皆、もう少し保《も》つかと思ったが」

背中に走った寒気に、円十郎は身を震わせた。前に跳びながら反転する。いつからそこにいたのか。地から生えたとしか思えない。一人の男が突如として現れた。

――蛇。

抱いた印象は、毒牙を持つ蝮《まむし》だった。顔を覆う頭巾から見える双眸は灰色で、白眼の部分が広い。凍て付くような眼光に、円十郎の背が小さく震えた。

いきなり拳が飛んできた。現れた時と同様に、蝮のような男は動く気配を微塵も見せない。紙一重で躱した円十郎は、低い姿勢のまま後ろに下がる。左右の拳が間断なく顔面を狙ってくる。

川縁。もう下がれない。円十郎は蝮の右拳を左手で受けた。押し込まれる勢いを抑えようとはせず、体を左に開いて流す。片膝をついて、蝮を背中に乗せて投げを打つ。

首に左腕が絡んで来た。咄嗟に右手を挟む。投げ飛ばすことができず、円十郎は地を転がった。その間に蝮は足を円十郎に巻きつけて来た。関節を極められ、喉を締められてしまう前に抜けなければ。円十郎は後頭部を蝮の鼻面に叩きつけた。手応えがない。起き上がり、するりと離れた蝮と対峙する。

蝮は滑るように動いて間合いを割った。槍のように突き出された前蹴りを横に跳んで躱す。正宗を抜こうと腰に手を伸ばす隙もない。間断なく蹴りが繰り出される。手足が常人より長いのか。円十郎は間合いを見誤り、上段、中段の回し蹴りを手で受けざるを得なかった。

顎を狙った蹴りを躱す。拳を突き入れようと踏み込むと、躱した足が切り返されて、踵が顎に伸びてきた。当たれば骨が砕けるに違いない。退く。蝮が迫る。近い。円十郎は息苦しさを感じた。己の間合いで戦えていない。足を動かせていないのだ。

まるで円十郎の得意な間合いを、あらかじめ知っているような戦い方だ。だがこの男に見覚えはない。

——あの目だ。

拳の雨を避け、受けながら、円十郎は確信した。吾妻権現で感じた視線。この男の目ではなかったか。心の臓を射抜く、鋭い目。

——あの時、見られた。

柳雪流躰術の動きを知られている。円十郎を破る工夫をしてから、蝮は目の前に現れたに違いない。

——知られていない戦い方をするべきだ。

円十郎は一瞬の間隙を見逃さず、反撃した。蝮の動きが止まった。即座に円十郎は後方に跳んだ。距離を取る。正宗を遣う。柳雪流の小太刀術を、蝮は知らないはずだ。

「やはり、その足」

蝮の声がする。もう眼前にいた。正宗を抜く暇がない。

「潰させてもらう」

大腿部を狙う、下段の回し蹴り。円十郎は下がって躱すのではなく、地面を踏み締めた。力を込めて弾き返し、受けると同時に拳で顎を打ち抜くのだ。間合いが取れないのならば、打ち合うまでだと覚悟を決めた。

体が、不意に落ちた。

膝が地についている。なぜだ。前に出ている左足で地面を蹴って下がろうとしたが、踏めない。己の足ではないようだ。頭が揺れた。顎に痛みを感じたのは、倒れた後だ。

左の脹脛《ふくらはぎ》が熱い。大腿部ではなく、脛《すね》の裏側を蹴られたのか。味わったことのない痛みに、円十郎はうめき声を上げていた。

蝮が円十郎の懐に手を入れた。拒もうとしても、体が動かない。顎を打たれ、意識が薄れている。荷が盗られた。初めて、荷を奪われた。

蝮が手に短刀を持っている。先に刺さなかったのは、荷物が血で汚れるのを嫌ったからだろう。円十郎はぼんやりとした頭で、そんなことを考えていた。胸に迫る剣先が、微かな月明かりを受けて冷たく光っている。

ふっと殺気が遠のいた。

霞む視界の中で、蝮が何者かと争っているのが見えた。何者かが、円十郎と蝮の間に入っていた。

「おい、息を詰めろ」

直後、その何者かが小袋を投げた。黒い煙のようなものが立ち込めて、蝮が見えなくなった。そして、円十郎は水の中に落とされた。川だ。誰かに水中で掴まれる。

「息を吸って、また止めてください」

顔だけが水の上に出た。言われるがまま息を吸った。円十郎を水に落とした男とは別人だ。円十郎を抱えたまま泳いでいる。やがて川から引き上げられた。陸ではなく、猪牙舟の上。

「飛ばします」

——才蔵さん。

円十郎は声を出そうとしたが、ただのうめき声にしかならなかった。

「途中で河岸に寄せて、一人乗せます。狭くなるけど勘弁してくださいよ」

円十郎が聞いていたのは、そこまでだった。

四

目を開くと、見慣れない天井があった。束の間、自分がどこにいるのか分からなかったが、部屋の匂いで〈あけぼの〉の一室だと分かった。顎の痛みと頭痛が、気を失う前の記憶を呼び覚ます。

——荷を奪われた！

円十郎は跳ねるように上体を起こした。頭の血が一気に下がり、視界が暗転する。固く目を閉じて目眩が収まるのを待った。胃のあたりに、掻き毟りたくなるような寒さを感じた。氷の塊《かたまり》でも押し込まれたのか。腹の中が冷たさに縮こまり、円十郎は短く浅い呼吸を繰り返した。

「起きたか」

聞き覚えがある声だが、違和感が強い。〈あけぼの〉ではもちろん、運びの仕事中に聞くとは思いもしなかった。だがこの声の主に命を救われた。

「面倒を、かけました。土方さん」

息を切らしながら言った。部屋の壁に背中をつけ、片膝を立てた土方がいる。

「おまえが〈黄藤〉だったのか」

土方は片頬を吊り上げ、ゆったりとした口調で言う。何のことか知らないが、ゆっくり話をしている暇はない。布団から這い出ようとしている円十郎を意に介さず、土方は続ける。

「日出助さんが、もう一人の〈松〉の運びができる奴のことをそう呼んでいた。黄藤っていうのは、黄色っぽい花を付ける木、槐《えんじゅ》の別名だ。黄色い花みたいな奴か、身分が高い奴かと思っていたが、まさか円十郎を縮めて呼んで、別名にしただけとはな」

日出助が自分のことを〈黄藤〉と呼んでいたとは知らなかったが、今はどうでもいい。円十郎は服が忍び装束ではなく、着物に替えられていることに気がついた。

「詳しいですね。好きなんですか、花？」

日出助がそう言って、襖を開けた。土方は少し顔をしかめた。

「槐は薬にもなるから、知っているだけですよ。花を愛でる趣味はない」

微笑みながら部屋に入ってきた日出助に続いて、仏頂面の半兵衛も現れた。胃がさらに縮む。円十郎は俯いたまま声を絞り出した。

「荷を、奪われました」

申し訳ありません、と続けようとしたが、日出助に肩を摑まれ、言葉を吞み込んだ。

「謝っても、荷が戻るわけじゃない」

日出助の顔には怒りも焦りもない。見たことがない無表情だった。

「取り返しに行きます」

座っていられず、立ち上がった。しかし左足に体重をかけると、ぐらりと体が傾いだ。膝をつく。

「荷は奪われた。もう取り返せない」

日出助のものとは思えないほど冷たい声だった。

「荷を奪った者たちは、痕跡など残していない。そんなに甘い連中ではないよ」

それは分かる。分かるが、何でも構わないから、体を動かしたい。そうでもしなければ、胃のあたりにある寒気に耐え切れない。

「でも、円さんは生きて帰ってきた。良かったよ」

日出助が笑みを浮かべた。もう、奪われた荷物は諦めるほかないのだと、改めて分かった。失敗した事実を直視すると心の臓が締め付けられる。目を背け、できるだけ痛みから遠ざかるために、闇雲に動きたいだけなのだ。

「申し訳ございません。二度と奪わせません」

言葉ではなく、行動で示すべきだ。そう思いながらも、声に出さずにはいられなかった。日出助は一つ頷き、受け止めてくれた。

「ところで円さん、左足、具合はどうだい？」

円十郎は左の脹脛に手を触れてみる。腫れて、熱を持っていた。少しだけ力を入れてみると、筋の一本一本が千切れるような痛みが走った。

「これは、しばらく歩くのも辛いだろうな」

土方が言い、日出助に目をやった。日出助は部屋を出たかと思うとすぐに戻ってきた。手には徳利と紙包みがある。土方が言う。

「例の薬だ。打ち身に効くから飲んでみろ」

売り歩いているという石田散薬。酒で飲むのだという話を思い出す。

「俺は下戸です」

円十郎は酒に弱かった。猪口一杯も飲めば、顔は赤くなり、ぼんやりとしてしまう。

「そりゃいい。痛みなんてすぐに消える」

言いながら、土方は猪口に酒を満たし、薬包を広げた。

「口、開けろ」

円十郎は少し上を向くようにして口を開けた。なぜか、土方の声には逆らい難いものを感じた。舌の上に粉が積もっていく。味を感じる前に、酒を流し込まれた。喉が焼け、熱いものが胸を通っていく。

「これで良い。薬はいくつか持って帰れ」

腹の中が熱い。これは酔うだろうな、と円十郎は感じた。痛みが消えるのは酒で感覚が鈍くなるからではないかと思いながらも、礼を言った。

ところで、と日出助が口を開く。

「歳さんと親しそうだけど、もしかして、知り合いだった？」

「ご存知なかったのですか？」

日出助はすべてを把握しているものだと思っていたから、驚いて問い返す。日出助はただ頷いた。

「試衛館で知り合いました」

「歳さん、あそこの門人だったのかい？」

「今年からですね」

どうでも良さそうに答える。縁というものはあるんだね、と日出助が呟いた。どうして〈運び屋〉になったのだろうかと疑問に思いながら土方を見ると、面白くもなさそうに語った。

「薬を売り歩いていたら、声をかけられた。ついでに荷物を運んでくれってな。気がついたら、厄介そうな荷物ばかり預けられるようになった」

日出助が円十郎以外の〈運び屋〉をどう雇っているのか聞いたことがなかった。土方のように、これはと思える人物を見つけ、少しずつ引き込んでいるのだろう。

半兵衛が咳払いをした。

「円十郎、なぜ荷を奪われた」

これまで一言も口を利かなかった半兵衛が、静かだが厳しい声音で言った。円十郎は半兵衛と日出助に向き直り、仔細を述べた。土方が現れたあたりからは記憶が曖昧《あいまい》だ。途中からは土方が説明をしてくれた。

「蛇みたいな男だった。どこから拳や蹴りが出てくるのか、読みにくい。蛇野郎は荷を奪うのが目的だったからだろうが、すぐに消えた。柳瀬にやられて転がっていた奴らも、気づいたらいなくなっていた」

「なぜあの場に、才蔵さんがいたのですか」

円十郎が日出助に問う。

「あまりにも嫌な予感がしたからだよ。円さんの通り道はだいたい分かっていたから、才蔵にも出てもらった」

「何者だろうな、奴ら」

土方が言う。事前に円十郎の戦い方を調べ、的確に封じて来た。これまでに荷を奪おうとしてきた連中とはまるで違う。

「日出助、今回の荷は、誰にとって有益なものだった？」

半兵衛の問いに、日出助は口を引き結んだ。依頼人や荷物の中身を知ることは、〈運び屋〉の掟に反する。しかし、敵対する者のことを知らなければ、今後の運びに障りが出る。

日出助はしばらく言葉を選ぶように口を蠢かした。

「葵《あおい》は、見たかったかもしれない」

全員が息を詰めた。徳川家の家紋を意味することは、言わなくてもわかる。

「葵の忍びに、かつて〈幽世《かくりよ》〉と呼ばれる者がいた」

しばらくして、半兵衛が呟いた。

「我らの先祖は小田原北条家の忍びであったが、小田原の役の中で、豊臣に与する葵の忍びとの暗闘があったという。口伝にて、その者たちの名は〈幽世〉と伝わっておる」

「あの世に送るという意味かな」

日出助が言う。半兵衛は頷き、

「あるいは、永久という意味かも知れぬ。主による治世をいつまでも続かせるために、日の当たらない裏の世で動く者たちだ。しかし、まだ存続していたとは」

「断定はできないけど、只者ではないことは、疑いない。玄人たちだと心得ないと、危ういね」

円十郎は膝を見つめた。〈幽世〉。徳川の世を永久のものにするために暗躍する、忍びの集団。これまでにない強大な相手が現れたことになる。

円十郎は〈運び屋〉である。荷が幕府にとっての毒でも薬でも、関係ない。興味もない。ただ預かった荷物を、運ぶだけなのだ。邪魔をする者は倒す。奪われないように、強くなる。

「父上、柳雪流の小太刀術には奥義があるはずです」

柳雪流は躰術が主であり、小太刀術などは副次的なものだが、円十郎は半兵衛が夜中にひとり、鍛錬をしていたことを憶えている。月明かりの下で行われていた伝授されていない型は鋭く、目にも止まらないものであった。

「伝授していただきたい」

語気が強くなっていた。体が熱い。もう荷を奪わせないという思いがそうさせているのか、単に薬と飲んだ酒が回ってきたのかは分からなかった。

「円十郎……」

半兵衛は腕を組み、静かに、諭すように言った。

「しばらく休んだらどうだ。もう何年かは運びをしなくても食っていけるだけの金はあるだろう」

「どういう意味ですか」

出た声には険がある。沸々と、胃が熱くなっていく。

「俺の体も癒えた。俺が仕事に戻るゆえ、おまえはしばらく江戸を離れるといい」

「辞めろと？」

「よく代わりを務めた。もう無理をしなくてもいいのだ」

「父上」

円十郎は立ち上がっていた。

「俺は誰かの代わりに〈運び屋〉をやっているわけではありません」

待て、という半兵衛の声を振り払い、円十郎は部屋を出た。左足が痛むが、歩けないほどではない。

確かにはじめはそうだった。病を得た半兵衛の薬代を稼ぎ、道場の借金を返すため、さらには困窮していた親子を助けてくれた日出助への恩返しのために、仕事を求めた。与えられたのが、半兵衛もかつてやっていた〈運び屋〉の仕事であった。

初めての運びで、円十郎はかつてない高揚感を覚えた。身につけた躰術を最大限に活用できる仕事に、生きがいを感じていた。

それを半兵衛は、己の代わりに仕方なくやっていると思っていたということか。

「なにも、分かっていない」

円十郎は音を立てて階段を下りた。からりと音がして、〈あけぼの〉の表戸が開いた。

「円十郎さん、どうしました？」

払暁の光とともに現れたのは、お葉だった。円十郎を見て、目を丸くしている。円十郎は構わず框に腰を落とし、草鞋を履いた。

「顔が赤いですが、お酒を飲まれていたのですか？」

お葉が首を傾げる。円十郎は立ち上がった。すると左足に力が入らず、体が崩れた。

「まったく」

円十郎の左半身を、お葉が支えてくれていた。

「こんなになるまで飲むなんて」

「違います」

薬が効いていないではないか、と円十郎は胸のうちで文句を言った。

円十郎はしっかりと立ち、お葉に詫びてから外に出た。心配そうに、お葉が背中を見ている気配がする。左足に体重を乗せることができないが、そうと悟られないように、円十郎は無理を通した。

五

曲がる必要のない四つ角で道を曲がる。円十郎は脂汗が滲む額を袂で拭った。

爪が表戸を引っ掻く音。円十郎は布団から這い出た。土間へ、そっと左足を下ろす。脹脛には少し痛みがあるだけで、だいぶ良くなっている。焼き魚を載せた皿を手に外へ出ると、黒猫のヒメが行儀よく座っていた。

目を合わせただけで互いに何も声を発しない。皿を地面に置くと、ニャ、と鳴いた。ありがとう、と言っているのか。いや。ご苦労とか、うむとか、そういう類に違いない。円十郎はヒメの頭に手を伸ばすが、常と変わらず、避けられる。深追いはせず、円十郎は土間に戻り、戸を閉めた。湯を沸かし、冷たい握り飯をそれでほぐす。

上がり框に腰かけ、湯漬けをさらりと腹に流し込むと、同じ茶碗に酒を注いだ。傍らの袋に手を入れるが、毎日飲んでいた薬がなくなっていることに気がついた。

——もう痛みはほぼないが……。

習慣になっていただけに、薬を飲めないのは少々気持ちが悪い。酒だけでも飲もうかと茶碗を摑んだ時、円十郎は戸の向こう側でヒメが小さく鳴くのを聞いた。

——何者だ。

音を立てずに茶碗から手を離し、布団の近くにある正宗の柄を握った。気配は二つ。敵意のようなものは感じられないが、円十郎は鯉口を切ってから、

「誰だ」

と声を送った。

「薬屋です！」

張りのある声。円十郎は困惑した。戸を開けると、朝日の明るさに負けないくらいの笑みを浮かべた沖田がいた。

「なぜここに」

「いやだなあ、そんな顔しないでくださいよ。脚を痛めたと聞いたので、お見舞いです」

「どうしてここが分かったのですか？」

「悪いな、俺のせいだ」

沖田の後ろにいるのは土方だった。

「柳瀬はしばらく道場に来ないと言ったら、見舞いに行くとしつこくてな」

その言葉はほとんど耳を素通りした。円十郎は沖田が抱えている黒い塊に目を奪われていた。

「……それは」

ヒメが沖田の両腕の中で心地よさそうに丸まっている。絶句する円十郎に、沖田は朗らかに言う。

「手を伸ばしたら飛びついて来たんですよ。人懐っこくて、いい子だなあ。連れて帰ろうかな」

「……お好きなように」

円十郎は努めて平静な声で応じたが、腹の中はグツグツと煮えている。これまで生きてきて、感じたことがない類の怒りだった。怒りの矛先は沖田ではなく、その胸の中で寛いでいるヒメに向いている。

――どういうことだ。

およそ人懐こさとは無縁の猫のはずである。初めて会ったはずの沖田に、なぜ抱えられているのだ。円十郎には指一本ふれさせないというのに。

「お邪魔してもいいですか?」

こちらの気も知らないで言う沖田。来てしまった人を追い返すわけにもいかないと思い、円十郎は二人を招じ入れた。布団を押しやり、座る場所を作る。

「喧嘩で足をやられたんですって?」

胡座《あぐら》をかいた沖田が笑う。胡座の中にはヒメを乗せている。円十郎は小さな戸棚を探り、茶筒を見つけた。転居の際に、お葉が置いて行ったものだ。

「ええ、まあ」

目の端で土方を見ると、微かに頷いている。〈幽世〉との闘争から、五日が過ぎている。その間に一度も試衛館に来ない円十郎のことを気にする沖田に、土方が仕方なく、嘘混じりに答えたのだろう。

茶を配り終えて、円十郎は框に腰掛ける。三人も畳に上がると狭苦しい。

「土方さんの薬は効いたようですね」

意外そうに言う沖田に、円十郎は真面目に頷き返す。

「楽に歩けるようになりました」

一日でも早く治したい円十郎は、何も使わないよりは良いという程度の気持ちで、石田散薬を毎日飲んだ。普段から薬に頼ることはないから、効能には半信半疑だったが、飲んでよかったと今では思っている。

「持って来ているが、買うか？」

「ちょうど切らしたところです。お願いします」

「へえ、今度飲んでみようかな」

沖田がまるでその気もないのに言う。

「おまえが薬を飲む時なんて来ないだろう。打ち身に効く薬なんて、なおさらだ」

土方が、円十郎の思っていることと全く同じことを言った。風邪も引かないように見える。

「そんなことありませんよ、若先生と稽古すれば、打たれます」

「そうは言っても、痛手にはならねえだろう」

沖田の言う若先生とは、試衛館の道場主である近藤周助《しゅうすけ》の養子、勇《いさみ》のことである。

円十郎も稽古をつけてもらったことがある。巨木が目の前に立っているような威圧感があった。だが正直なところ、沖田に比べれば、勝ち目がないという感じではなかった。

「ねえ、円十郎さんは、人を斬ったことあります？」

唐突な、無邪気な声とは似合わない言葉に、円十郎は目を丸くした。

「……いえ、ありません」

傷を負わせたことはあるが、命まで奪ったことはない。沖田の言う「斬る」は、命を斬るという意味だろう。

「俺もまだないけど、どういう感じなんだろうなあ」

「不穏なことを言うじゃねえか」

土方が呆れていた。沖田は朗らかな顔のまま、

「真剣と木刀では、全然違うと思うんですよ。たぶん、真剣だったら、誰も若先生に勝てないんじゃないかなあ。俺はどうだろう、強いかな」

沖田の言うところは、円十郎にも何となくわかった。天然理心流では気組みというものを大事にしている。気力や胆力という意味だと、円十郎は理解している。それは木刀ではなく、命を賭ける真剣での立ち合いでこそ、発揮されるものだろう。対峙した時に感じる大きさが気組みの正体なのだとしたら、真剣に持ち替えた勇はどれほどの大きさになるのだろうか。

自分に足りないのは、気組みではないのか。刀で人を斬るという覚悟の有無ではないか。

「そう遠くないうちに分かるさ」

土方が呟く。

「え、なにか起きるんですか？」

「先日、長州の吉田松陰《よしだしょういん》という男が斬られた。老中を殺そうと企んでいたらしい」

「俺たちもそういうことをするんですか？」

とんでもないことを楽しそうに言う沖田を、土方は呆れた目で見る。

「そんなことして何になる。だいたい、勇さんたちはお上の役に立ちたいと言っているじゃねえか」

「そうなんですか」

「興味なしか」

近頃は試衛館でも、時勢の話が交わされる。勇をはじめ、試衛館の門人には多摩出身者が多い。天領の百姓だからか、徳川家への忠義心に篤い。中には今の武士は腰抜けで、真の武士ではないとまで言う者もいる。

武士よりも武士たらん。

勇からは、よくこの言葉が出る。勇は百姓の息子だが、だからこそ、武士はかくあるべきという姿を胸に描いているようだ。真の武士になるということが、勇の志なのだろうと、円十郎は話の輪の外で感じていた。

円十郎はそういう熱に浮かされたような話に加わることはない。だいたい稽古のあとに始まるので、声をかけられる前に帰るか、沖田に誘われて井戸端で涼んでいる。それでも耳に入るものはある。

試衛館はまだ大人しいほうで、他所の私塾や道場では、老中を討つだの、異人を斬るだの、過激な話がされているという。学問や剣を学ぶはずの場所で、志を語り、熱を持ち、凶行に至る。そういう噂話を聞くたびに、円十郎の胸は冷たい氷のようなもので覆われる。

――さながら、病だ。

病の源は道場や私塾の主だ。もしかしたら主もまた、病に冒されてしまったのかもしれない。時勢に煽《あお》られるようにして発熱した志は、門下に伝染する。病を得た者たちが集まり、熱を高め合い、ついには爆《は》ぜる。

――志とは、なんなのだ。

まさしく病のように、人を死に追いやるものなのか。

試衛館の者たちも、徐々に熱を上げていくのかもしれない。円十郎は伝染を恐れていた。罹《かか》るわけがないとは思うが、近寄らないに限る。すでに一度、人の志に巻き込まれて、難儀しているのだ。

半兵衛は〈運び屋〉などの裏稼業に生きる道を捨て、柳雪流を世間に示し、名を上げたいという志に蝕まれた。その結果が極貧と心労と病で、半兵衛は命を落としかけた。日出助に拾われなければ、円十郎もまた、助からなかっただろう。

——二度とごめんだ。

円十郎は鼻からため息を吐いた。

「おい、柳瀬も呆れているぞ」

土方がからかうように言った。

「いえ、そういう意味では」

「それで、土方さんは何をしようって言うんですか?」

「何も。ただ、世の中は動いているということだ」

口の端を吊り上げる土方は、妙に楽しげに見える。

「何が言いたいのか、わからないや」

沖田が子供のように首を傾げる。土方は面倒くさそうに手を左右に振った。

「気にするな。ただ俺にとって面白い世の中になりそうだって、そういう話さ」

「それは若先生にとっても面白いですかね」

珍しく沖田の眉根が寄っている。

「そのはずだ。おまえが確かめたいことも、確かめられるはずだ」

土方が言うと、沖田はパッと愁眉《しゅうび》を開く。

「なら、いいや。俺も楽しみだなあ」

この二人からは、試衛館に拡がりはじめた熱を感じない。土方も沖田も、ただ己の力を発揮できる場所を求めているように見える。躰術を活かせる〈運び屋〉の仕事が好きな自分と重なって、円十郎は心が和むのを感じた。

「そうだ、本題を忘れていました」

沖田はヒメを掲げるように持ち上げて、円十郎の傍に来た。

「どうやって、足をやられたんですか？」

心配は欠片もない。ただ好奇心だけが目に宿っている。

「円十郎さんが喧嘩で足をやられるなんて、相手は只者ではないですよね。どんな技だったのか気になって、夜も寝られなくて」

円十郎は自分が負けたことを話したくないと思ったが、すぐにその考えは消えた。次に戦うことになった際の工夫をしなければならない。その相談相手に、沖田は最適ではないか。

円十郎はあくまで喧嘩で、不意打ちだったということにしながら、蝮の下段蹴りを説明した。腿ではなく脹脛を狙う蹴りの話に、沖田は目を輝かせた。狭い土間に下りて、何の未練もなさそうにヒメを手放す。ヒメは戸のわずかな隙間から、するりと外に出て行った。

「沖田さんなら、どう対処しますか」

問いかけると、沖田は目を丸くしてこちらを見た。

「え？　こうやって――」

刀は持たずに平晴眼に構えた沖田は、前脚の踵で己の腿裏を蹴るようにして、そのまま踏み込んで突きを放つ。その動きを、円十郎の目は十分に捉えられない。

「ただ躱せばいいじゃないですか」

土方がため息を吐いて、囁いた。

「あれができれば苦労しない。俺が工夫に付き合ってやる」

六

問題なく飛び跳ねることができるようになった円十郎は、試衛館に向かった。

一通りの稽古を終えた後、道場の端で土方と対峙した。

「脹脛を蹴るというのは、嫌になるほど有効だ」

お互いに防具はなにも着けていない。木刀も持たず、徒手空拳で向き合う。先日の言葉どおり、土方は蝮の技に対する工夫を一緒に考えてくれている。

「腿のほうが太く、筋が強い。脹脛は鍛えても腿以上に強靱にはなりません」

円十郎が言うと、土方は頷いた。

「弱いところを狙うのは、邪道でも何でもない。ああいう戦いの場では、敵が嫌がることをするほうが勝つし、一対一よりも多対一だ」

それを卑怯だと言う者もいるだろうが、土方の意見が正しいと円十郎は思った。生きるか死ぬかの場所に、正道も邪道もない。生き残った者こそが強く、正しい。

「蹴ってみろ」

円十郎は寝床の中で何度も思い返した蝮の技を真似する。当たる寸前で止めることを何度か繰り返すと、

「通常の蹴りもだ」

腿を狙う蹴りを放つ。途中から、脹脛と腿を交互に蹴る。

「なるほど、厄介だ」

「腿か脹脛か。どちらに来るのか、見切りができるかが問題です」

円十郎の蹴りはまだ馴れていないため見極め易いが、蝮の下段蹴りは直前まで、どちらに来るのか判断できない。

「腿への対処は大丈夫だろうが、脹脛をどう守るかにかかっている」

土方は己の脚を手のひらで叩く。

「沖田のように躱せるなら良いが、見誤れば腿を蹴られて転がされる」

円十郎は地面に転がる姿を思い浮かべた。その直後には命を取られるだろう。

「うまく受けるべきだろう」

「力を入れて受けても、相当な痛みです」

腿ほど強くない脹脛で受けることは避けたい。

「受けるなら骨だな」

確かに、と円十郎は首肯する。肘や膝、骨で打撃を受ける。円十郎は左足を前に出して構える。土方が少し覚束《おぼつか》ない動きで、脹脛を蹴ってくる。土方は剣や柔術はできるのだろうが、こういった格闘は不慣れなのかもしれない。

――それでも付き合ってくれるのだから、人が良い。

切れ長の目で、端整な顔をしているため、土方は冷たい印象がある。だが付き合ってみると、存外にあたたかい。

そんなことを考えながら、円十郎は土方の蹴りの軌道に合わせて左足を外に開いた。円十郎の脛の骨が、土方の脚に激突する。土方の顔が苦痛に歪んだ。声は出さず、蹲った。

「大丈夫ですか?」

蹴りを寸前で止める技術はなかったのだろう。脚を擦る土方に、円十郎は思わず、少しだけ笑ってしまった。

「おい、覚えていろ」

「失礼しました」

土方の目が怒りに燃える。円十郎は顔を引き締めた。

「……とにかく、受けるなら骨だ」

攻撃したほうが痛みを覚える防御となる。身を以て知った土方が断言した。だがやはり問題は見極めることができるかだ。前の足を開いて受ける形になるため、正中が緩む。察知されたら股を蹴り上げられたり、前蹴りで鳩尾を貫かれたりする。

——受けるのではなく、攻めることで防ぐことができれば……。

そもそも相手に蹴らせない。円十郎が蝮の猛攻で正宗を抜くことすら出来なかったように、攻撃は防御にもなりうる。それができれば、厄介な技そのものを封殺できる。言葉にすれば容易い。だが蝮の攻撃はかなり速い。それを上回ることができなければ不可能だ。戦い方の糸口は見えたが、この工夫一つで勝てるとは思えなかった。

——父上なら、どうするだろうか。

円十郎は頭を左右に振った。頼りたくないという思いが、そうさせた。

あの日以来、半兵衛とは一度も顔を合わせていない。円十郎が自分の代わりに仕事をしていると勘違いしている父と話したくなかった。

これまでの働きや鍛錬が、代役を務めているだけの者に出来るわけがない。円十郎が〈運び屋〉にやりがいを感じ、懸命に励んでいることが、父には見えていないということだ。父にどう思われていようが、己の気持ち次第なのだから気にすることもないのだが、無性に腹立たしい。

息子のことを正しく理解できない父なのだ。蝮の技への工夫を相談すれば、考えが足りないだの、技が甘いだのと言い募るに違いない。確かにその通りかもしれないが、こうして土方と考えたことまで否定される気がする。それは業腹《ごうはら》だ。

「土方さん、ありがとうございます」

円十郎は立ち直った土方に頭を下げた。

「大した工夫じゃあない。礼を言うのはまだ早い」

「もう少し考えたいですね」

「刀を抜ければ、相手もそう簡単に懐に入れねえ」

「抜手も見せず、と言います。居合を修めることができれば……」

「一朝一夕で？　馬鹿言うな。そうだ、常に抜いておけば良い」

「抜いたままでは、己の身を切ることになります」

「真に受けるなよ」

闘争の気配があればすぐに正宗を抜くというのも手だが、〈運び屋〉は殺し屋ではない。荷物を運ぶたびに人を殺していては騒ぎになり、いつの日か捕縛されかねない。円十郎に乱戦の中で人を殺めず、退かせる程度に斬ることができる技術があれば別だが……。

「円さん！」

不意に大声で名を呼ばれ、円十郎の心の臓が跳ねた。道場の出入り口を見ると、そこには船頭の才蔵が立っていた。

小走りに才蔵に寄ると、腕を摑まれた。

「半さんが！」

父がどうしたというのか。ただならぬ才蔵の様子に、円十郎の胸が先程とは違う跳ね方をしている。

「とにかく、来てください」

「おい、何事だ」

土方が静かな声音で言う。才蔵はいくつか呼吸をしてから、
と言った。

「血を吐いて倒れました」

円十郎は土方に目だけで挨拶をすると、才蔵とともに走り出し、近場に停めてある〈あけぼの〉の猪牙舟に飛び乗った。

道場主をしていた時に得た病は完治したと思っていた。なぜ。いつから。

「どのように血を？」

円十郎は落ち着けと自らに言い聞かせながら、才蔵に尋ねた。

「咳を」

才蔵は息を弾ませている。猪牙舟は怖いくらいの速さが出ている。道場主だった頃も血を吐いたことがあるが、その時は咳がなかった。別の病なのだろう。咳をして血を吐く。

円十郎は頭を左右に振り、連想された病名を消す。

「いつから」

円十郎の声は川の波音に呑まれて消える。もう癒えた、と先日言っていたではないか。円十郎の目から見ても、体は悪くないように思えた。隠していたのか。見抜けなかったのか。

「着きました」

才蔵に促され、舟を降りる。振り返ると、対岸に米蔵が見える。吾妻橋との距離から、本所の番場町あたりだと分かった。

才蔵が先に立って走り出した。円十郎も続く。半兵衛がここに住んでいることを知らなかった。互いに好きなように暮らしているとは言え、なぜ自分は父の住処を知ろうともしなかったのだろう。ひどく親不孝なことをしている、と円十郎は思った。

日当たりの悪い裏長屋だった。戸を叩くと中から日出助の応えがあった。その声に、円十郎の胸が少し落ち着きを取り戻す。

熱のせいか赤い顔をしている半兵衛が眠っている。部屋の隅には母の位牌がぽつんとある。あとは小さな行李と文机があるくらいで、いつでもここから出て行くことができると言っているようだ。円十郎はひどく冷たいものを呑まされたような感覚に陥る。

「もうすぐ医者が来るよ」

日出助が柔らかな口調で言い、円十郎を座らせた。才蔵は医者を案内してくると言って外に出た。

「日出助さんは、ご存知でしたか?」

「時折、咳をしていたけど、気になるほどではなかったよ」

もっと気にかければ良かった。日出助の呟きに、円十郎は項垂《うなだ》れる。同じ思いだった。急に喀血するわけがない。父のことだから、人前で大きく咳き込んだりはしないだろう。だが顔色や、ふとした拍子に気づくことができたのではないか。後悔ばかりが浮かぶ。

慌ただしい足音がして、才蔵と医者が飛び込んできた。物音で半兵衛が目を開く。円十郎は医者のために場所を譲り、土間に下りた。才蔵は外に座り込む。医者が半兵衛の体に触れ、何事かを問い、半兵衛が答える。

しばらくしてから、医者は円十郎と日出助を見た。半兵衛に聞かせる前に、診立てを二人に伝えたいのだろう。日出助が立ち上がったので、円十郎は外に出ようとした。

「ここで良い」

半兵衛が掠れた声で言う。

「察しは付いておる」

円十郎は日出助を見た。目で話し、同時に頷いた。座り直し、医者に言葉を促した。

「労咳《ろうがい》ですな」

やはり、そうか。何かが喉を塞ぐ。

「養生しなさい」

それだけ言って、医者は立ち上がった。円十郎はともに外に出た。何にいくら必要なのか分からないが、医者の手に一両を押し付ける。

「薬を」

医者は驚いたように目を丸くしたが、すぐに伏し目になる。

「ご存知と思うが、効く薬はない」

「高麗《こうらい》人参が効くと聞いたことがあります」

「手元にない。治せるわけでもない」

「それでも、手に入れてください」

円十郎はもう一両を押し付けた。医者は戸惑いを見せながらも、二両を袂に落とした。

「いずれ」

この医者が信用できるか分からないが、もし駄目なら他を当たるまでだ。高麗人参も滋養があるというだけで、労咳を治すものではないのかもしれない。それでも何かをしたかった。わずかでも回復を助ける物があるのなら、欲しかった。

「あ、いた！」

木戸の外から、やや険のある声が響いた。商家の旦那だろうか。汗だくになっている。

「早く来てください。娘が風邪なんですよ」

円十郎と才蔵は、医者を木戸まで送る。商家の旦那はこちらを品定めするような目で見てから不機嫌に鼻を鳴らした。

「こんなならず者の身内か何かより、うちの娘のほうを先に診てくださいよ。先生、お早く」

才蔵が怒気を発して一歩前に出たが、円十郎はそれより先に動いていた。

「何と言った」

体が熱くなる。商家の旦那に詰め寄っていた。抑えが利かない。眼前に迫ると、相手は顔が青くなった。

「いま、何と言った」

「円さん、落ち着いて！」

才蔵が割り込んで来た。商家の旦那はそそくさと下がり、医者の手を引いて去って行った。

「才蔵さん、すみません」

円十郎は一つ深く息を吸った。

「叩き潰しそうな勢いだったから、俺の怒りは飛んじまいましたよ」

才蔵が笑う。円十郎は息を吐いた。長屋に戻ると、半兵衛と日出助が話をしていた。外での会話は聞こえていただろうか。半兵衛の顔色を窺うが、なにも読み取れない。

日出助が円十郎と才蔵に、これからのことを話した。半兵衛はここで静養する。〈あけぼの〉の者に朝夕、見舞わせる。

「費《つい》えは俺が払います」

自分に出来ることはそれくらいだと思った。その申し出を、半兵衛が拒否する。

「無用だ。俺の金を日出助に預ける」

「二人とも、水臭いね。金のことは任せなさい」

日出助が強い口調で言い、円十郎と半兵衛は口を噤んだ。

「それじゃ、才蔵と先に帰るよ」

日出助と才蔵が連れ立って出て行く。円十郎は久しぶりに父と二人きりになったな、と思った。いつも会う時は〈あけぼの〉で、日出助か誰かがいた。何を話せば良いのか分からず、沈黙が続く。

唸り声。半兵衛が苦しそうに眉間に皺を寄せている。顔が赤く、目が潤んでいる。熱が出ているのだろう。円十郎は外に出て、井戸水で手拭いを冷やした。部屋に戻り、畳んだ手拭いを額に置く。

何度かそれを繰り返していると、半兵衛の息が穏やかになった。

「……済まぬ」

ぼんやりとした声。半兵衛の口から出た言葉とは思えず、円十郎は耳を疑った。寝言だろうか。半兵衛の顔を覗き込む。薄く目を開けていたが、その目は何も見ていない。独り言のように、不明瞭な声で続ける。

「ここが道場の母屋であれば、ならず者と呼ばれることもなかった」

「気にすることはありません」

そう答えたが、半兵衛は何も反応しない。聞こえていないのか、聞いていないのか、分からない。

「おまえを、ならず者だと思わせてしまった」

「……」

「俺が道場主であれば、誰にもそうは言わせなかったものを……」

目を閉じる。一定の間隔で胸が上下している。眠ったのだろう。円十郎は濡れた手拭いを裏返して、額に置いた。

——父上の志とは……。

名を上げる。柳雪流躰術を多くの人に伝える。そんなところだろうと思っていた。

違うのかも知れない。

志とは、己のために抱くものだ。成し遂げるためには他人を顧みない。

それも、違うのかも知れない。

円十郎をならず者と呼ばせない。そんなことが、一人の男の志になり得るのだろうか。円十郎が知っているものとは違う形をした志が、喉を通って肚に落ちていく。引っかかることも、詰まることもない。底のほうで、じんわりと熱を持つ。異物感はあるものの、それは気持ち悪いものではなかった。

わかれ路

一

猪牙舟の舳先《へさき》に立ち、飛沫《しぶき》を浴びても動じることはない。師走の頬を切る冷たい川風に肩を縮めながら、円十郎はその異様な後姿を眺め、まあこいつはそういう猫か、と納得していた。

「円さん、この子は新しいお仲間で？」

船宿〈あけぼの〉で一番の船頭である才蔵が大きな声で言った。今日はいつもより少しだけ船足が遅い。同乗している黒猫を川に落とさないよう、気を遣っているのだろう。

「毎朝、飯をねだりに来ます」

黒猫のヒメにいつもと同じように骨を取り除いた焼き魚を与えた円十郎は、ヒメを眺めながら湯漬けにした飯をふうふう啜り、同時に食べ終えた。皿を下げて家を出ると、ヒメは円十郎について来た。

珍しいこともあるものだと思いながら〈あけぼの〉まで歩いて行くと、ぼんやり煙管をくわえている才蔵に見つかった。円十郎が本所の番場町にある父の長屋に見舞いに行くと言うと、舟を出しますと胸を叩いた。ヒメはここまでだろうと思って振り返ったが姿がない。帰ったかと気にせず乗り込むと、舳先に澄まし顔のヒメがいたのである。

「それにしても、肝が据わっているなあ」

才蔵が感嘆する。円十郎は首肯した。水飛沫を浴びても拭わない猫など初めて見た。

程なくして番場町に着いた。才蔵は待っていると言うので、〈あけぼの〉で持たされた煮染めが入った丼を抱えて、円十郎とヒメは半兵衛の長屋を訪ねた。日当たりの悪い長屋だった。ここでは治る病も治らないのではないだろうか。薄い戸を叩くと、半兵衛の応えがあった。

ガタガタと音を立てて横滑りした戸の隙間から、先にヒメが入っていった。半兵衛が小さく驚きの声を上げる。続いて部屋に入った円十郎は息を呑んだ。ヒメが半兵衛の膝の上に乗っている。

「おう、人懐こいの」

半兵衛は円十郎には向けたことがない柔らかな微笑を浮かべていた。そのことも驚きだったが、ヒメが頭を撫でられても逃げないことに愕然とした。

先日、円十郎の家を訪ねてきた沖田宗次郎にも抱かれていたが、あの人は子供のように無邪気なところがあるから、ヒメも心を許したのだろうと納得できた。しかし堅物で不機嫌な顔ばかりしている半兵衛にまで撫でさせるとは、どういうつもりなのか。

「父上、これを」

円十郎は内心の動揺を押し隠しながら、丼を上がり框に置いた。部屋は薄暗いものの、荒れてはいない。〈あけぼの〉の女中のお葉が時々様子を見に来ているからだろう。

「面倒をかける」

病身の父を見舞うことが面倒なはずがないのに、半兵衛はいつも他人行儀にそう言う。自分に構ってくれるなと言われているような気がして、円十郎は少し腹が立つ。親子なのだから、こういう時くらい遠慮なしに、笑みでも浮かべて礼を言えば良いものを。

「物のついでです」

本所に用などないのに、円十郎はそう答える。見舞いなど不要だという態度を見せる父に、見舞うためだけに来ていると告げるのは癪だった。

そんな親子を眺めていたヒメが、小さく鳴いた。半兵衛の表情が和らぐ。

「おまえの猫か」

「毎朝、飯を恵んでいるだけです」

「名はあるのか」

「……ヒメと呼んでいます」

気恥ずかしさに襲われて口が重くなったが、円十郎は正直に言った。

「読本に出てくる我儘な姫に似ているので」

「そうか、良い名ではないか」

そうだろうか。ヒメ自身は由来が気に食わないのだろう、円十郎に向かってシャーと威嚇をした。

「もう行きます」

円十郎がそう言うと、半兵衛は小さく頷き、ヒメから手を離した。しかしヒメは動かない。

「行かぬのか」

半兵衛が問うと、ヒメは腹を天井に向けて寝た。警戒している様子もない姿に円十郎は怒りと悔しさを感じたが、

「飽きたら帰るでしょう」

余裕を持った言い方をした。

「ほう、賢いの」

半兵衛はヒメの上下する腹に手のひらを置いた。無聊《ぶりょう》な日々を過ごす半兵衛には、ちょうどいい相手かもしれない。円十郎は同じことをヒメにしたいという気持ちを抑えつつ、背を向けた。自分には父の心を慰める術はないが、ヒメにはある。あとは任せた、と胸の内で呟く。

「待て」

戸を開けて外に出ようとした円十郎を半兵衛が呼び止める。振り返ると、半兵衛は傍らの小さな文机の上に置いてあった短い木刀を握っていた。

「伝えておきたい技がある」

幼い頃から躰術や小太刀、苦無や手裏剣の扱いを叩き込まれてきた。あとは技の練度を高めるだけだとも言われていたが、円十郎はまだ教えられていない小太刀の型があることを知っている。

「おまえに教えられる、最後の技だ。俺も二十歳になった時に伝授された」

間もなく年が変わり、円十郎は二十になる。

「本当は年を越してから丹念に教えようと思っていたのだが、体がこうなっては出来かねる」

半兵衛は立ち上がり、円十郎を手招きした。

「一度だけ見せる。柳雪流小太刀術、雪垂《ゆきしずり》」

かつて指導されていた頃と同じ、鋭い目。円十郎は黙って頷き、草履を脱いで畳に上がった。半兵衛の体は、また少し小さくなった。立って向かい合うと、改めてそう感じた。

「ご無理は――」

「使え」

労《いたわ》ろうとした円十郎を遮って言う。円十郎は胸元に出された、脇差と同じ長さの木刀を摑んだ。

「その木刀は、正宗と同じく普通の脇差よりも柄が長い。その意味を考えろ」

脇差の柄は両拳を並べて握るには短いものだが、父祖から受け継がれ今は円十郎の腰にある正宗の柄には、拳一つ分の余裕がある。円十郎は大刀を短く拵《こしら》え直した名残だと思っていたが、意図があるらしい。

「どこからでも来い」

半兵衛も木刀を握っていた。正中線に収めているだけで、だらりと力なく下げている。円十郎は戸惑った。打ち込み、もし強く当たってしまえば大事になる。その思いを見透かした半兵衛が鼻で嗤《わら》った。

「一度でも強く打ち込めたことがあるか?」

「……ありません」

円十郎は半兵衛の無防備な左肩に打ち込んだ。半兵衛の刀身が上がって来ない。左肩を砕いてしまうと思ったが、振り抜いた。父が防げぬはずはないと信じていた。

カッと乾いた音が響いた。その瞬間、円十郎の首根に半兵衛の持つ木刀が当てられていた。真剣であれば、首を深く裂かれているだろう。総身が粟立った。

木刀が引かれた。一歩下がり、半兵衛は袂で口を覆い、咳をした。背中を擦ろうとした円十郎を手で制し、

「雪に撓る柳枝の如く。垂る雪に逆らわず。それが雪垂だ」

そう告げると、また咳き込む。

目には半兵衛の動きが焼き付いている。耳には今の言葉が響き続けている。円十郎は頷いた。半兵衛がゆっくり座ると、すぐさまヒメが寄り、頭から尾までを使って半兵衛の背中を撫でる。

「礼を言う」

父が呟いた。

「強く、打ち込んでくれた」

「気遣いは無用と心得ました」

侮るようなことを言われた怒りではなく、父ならば大丈夫だという思いで踏み込み、打ち込んだ。予想に違わず、父は技を返してくれた。それが心地よかった。

「もう行ってよい」

円十郎は一礼をしてから土間に下りて草履を履いた。戸を開けて振り返ると、半兵衛はヒメを撫でていた。

「また一手、お願いします」

「……今度、な」

半兵衛が少し笑った。透き通るような微笑だ。冬の冷気を吸い込んだ円十郎の鼻の奥がツンと痛む。

「次は打ちます」

「楽しみにしている」

円十郎は外に出て戸を閉めた。空を仰ぎ、深く息を吸って吐いた。白い息が立ちのぼり、消えて行った。

船着き場に戻ると、才蔵が煙管を吹かしていた。こちらに気がつくと、そそくさと煙管をしまって櫓を握った。

「猫ちゃんは？」

「父の相手をしてくれるようです」

それは良い、と才蔵は笑みを浮かべた。今日はこのまま剣術道場の試衛館に行く予定だ。才蔵は心得ているらしく、牛込のほうに行きますねと言った。

円十郎はぼんやりと、河岸を歩く人々を眺めていた。才蔵の漕ぐ舟は速い。景色をどんどん置いて行く。色とりどりの着物が線になって花火の光のように見えた。

その中に、引っかかるものが混ざった。

円十郎は半身になって振り返った。あっという間に豆粒のように小さくなっていく男の顔。大きな丸い目。四角く張った顎。青木真介に似ている。

――戻ってきたのか？

またたく間に真介らしき男は見えなくなった。止めてくれと声をかけてみたが、櫓を漕ぐことに集中している才蔵の耳には届かない。もう姿は見えないし、今更止まったところで見つけられない。円十郎はひとまず諦めて、後ほど日出助やお葉に話をしようと決めた。

夕方になって、円十郎は〈あけぼの〉に戻った。

今日はそれほど強く体を打たれずに済んだ。試衛館には沖田を始め、手練が多い。そこで実戦的な稽古を積むことで、円十郎も上達できているのだろう。右腕が少々痛むが、通い始めたころに比べれば、たいしたことはない。

店に入ると、一組の客が二階の部屋を取っていた。円十郎は一階の縁側に腰を下ろす。風が冷たい。あと数日で年が明ける。

「風邪を引いてしまいますよ」

後ろから声をかけてきたのは女中のお葉だった。湯気が立っている湯呑を傍らに置いてくれた。円十郎は礼を言い、熱い茶を少しずつ啜った。半兵衛の様子や試衛館でのことを聞かれたので、二言三言、言葉を返す。

「ところで……」

円十郎は真介に似た人を見かけたことをお葉に伝えた。

「そうなのですね。気にかけておきます」

お葉は女中の仕事の他に、江戸の町中を歩いて見聞きしたものを日出助に伝えるという役目も担っている。円十郎がその役目の一端に真介探しも加えて欲しいと頼むと、承諾してくれた。

「円十郎さんにとって、青木様はどのような方なのですか?」

お葉が少し好奇心を覗かせた声で聞いてきた。

「貧しかった時に支えになってくれた、恩人でしょうか。友人でもあると思います。茶屋で団子を分けてくれた、優しい人です」

躰術を習いたいと語った真介は、稽古のあと、自分ではほとんど食べない団子を毎回注文し、分けてくれた。道場に帰れば門人もなく、金に苦心している父を見るしかなくて気持ちが荒んでいた円十郎にとっては、真介と過ごす時間は唯一の安らぎだった。

「では、その茶屋の、何とかという娘は?」

気のせいか、お葉の声に冬風に似た鋭さを感じた。

「理緒ですか?」

「そう、そのようなお名前の」

いつもはっきりと喋るお葉にしては珍しい言い方だった。理緒は円十郎たち〈運び屋〉と敵対することもある〈引取屋〉の元締めだ。そのような相手の名前をお葉が忘れるはずがない。どうしたのだろうか、と首を傾げながら、

「理緒は……」

白山権現の近くにある茶屋〈くくり屋〉の看板娘である理緒に、真介は憧れていた。円十郎は真介に付き合う形で〈くくり屋〉に通っていたが、円十郎にもそういった感情がな

かったとは言えない。しかしそんなことを正直にお葉に伝えるのは気が引けた。

「通っていた茶屋の娘ですから、時々話をした程度です」

「……そうですか」

「〈引取屋〉の人間だと知ってからは、こちらから近づこうとはしていません」

「こちらからは、ね」

円十郎は口を噤んだ。いつも氷のように冷たい風情のお葉だが、今日は一層寒々しい。冬のせいだろうか。

「それでは、これで」

円十郎は居心地の悪さを覚えて立ち上がり、〈あけぼの〉をあとにした。

二

年が明けて安政七年（一八六〇年）となり、円十郎は二十歳になった。

いくつか〈竹〉の運びの仕事をこなし、半兵衛の見舞いや試衛館に通っているうちに、去年よりも寒く感じる二月も半ばを過ぎた。〈松〉の運びはここのところないようで、日出助は嵐の前の静けさかなと呟いている。

円十郎が土間に下りたと同時に、お葉が外出から戻ってきた。閉まる寸前の戸の隙間から、雪がちらちらと舞っているのが見えた。もう三月も近いというのに、珍しいことだ。お葉は寒そうに手を胸元でさすりながら、小さく微笑む。

「ちょうど良いところに」

寒さのせいか、お葉の顔はいつもより白い。黒絹のように艶のある髷《まげ》にいくつか雪の華がのっていて、怪談話に聞く美しい雪女のようだと思ったが、褒め言葉のつもりでも妖怪に喩えられたら良い気はしないだろう。円十郎は口を閉じる。

「お探しの方、ようやく見つけましたよ」

お葉が声を潜めているのは、青木真介が脱藩者で、近くに真介の身を追っている者がいないとも限らないからだろう。円十郎は無言で頷き、お葉とともに物置部屋に入った。冷えきっている。足裏が氷の上に立ったように痛んだ。

「ありがとうございます。あの人はどこに?」

「内藤新宿の旅籠を転々としています。今は——」

お葉は指先で、手のひらに旅籠の名を書いて見せた。円十郎はその名を記憶に留める。

「そんなところに……。よく見つかりましたね」

感心して言うと、お葉は少し得意気な顔をした。

「水戸の方であれば、小石川や不忍池のほうは顔見知りに会うかもしれないので避けるでしょう。剣術は北辰一刀流ということですし、玄武館がある神田のほうも危うい。となると江戸の西側。旅人に混ざれて潜めそうな場所と踏んだのです」

なるほど、と円十郎は頷いた。よく頭が回るものだ。

「それで、会いに行かれるのですか？」

そう問われて初めて、円十郎はなぜ真介を探して欲しいと頼んだのだろうかと考えた。真介に似た人を見かけたから、気になった。会いたいと思ったわけではない。ならばなぜ、わざわざお葉に見つけ出してもらったのか。

真介は水戸を脱藩し、何者かの依頼によって引き取りに来た〈引取屋〉の兵庫たちに襲われた。円十郎はそれを助け、逃した。そのあとどうなったのかは知らなかったから、無事を確かめたかっただけかもしれない。

「間違いなく真介さんでしたか？」

「さあ、それは。お話で伺ったとおりの面体でしたが……」

困ったように首を傾げるお葉。それもそうだ。お葉は真介と会ったことはないのだから、確実ではない。本当に真介なのか確かめるには、円十郎自身が会いにいくほかはない。

──それにしても、なぜ戻ってきた。

なにか目的があるに違いないが、危険を冒してまで戻る理由があるのだろうか。

「……ご友人が心配なのですね」

「心配……」

今度は円十郎が首を傾げた。お葉は呆れたようにため息を吐いた。

「江戸を出たご友人を見かけて、探し出させたのです。どうされていたのか、これからどうするのか、それを聞きに行きたいのでは？」

「……」

「誰かのことを気にかけることを心配と言うのです。お会いになれば良いではありませんか。せっかく見つけ出したのですから」

「そうですね」

真介が何を考えていて、何をしようが関係ないが、この寒い中、お葉が見つけてくれたのだ。会いに行かねばお葉の苦労に申し訳ない。

「行ってみます」

「それが良いですよ。友人は大切にしなくては」

そう言って、お葉は微笑を浮かべた。

翌朝、円十郎は内藤新宿へ向かった。曇り空で、雪はない。足元は多少ぬかるんでいた。雪が積もると、運びの仕事はしづらくなる。足跡がくっきりと残るから追手を撒《ま》くのに苦労するし、柳雪流の躰術も、足元が悪ければ鈍る。かえって〈松〉の運びがないほうが有り難い。もうすぐ三月になる。昨日の雪がきっと最後で、なごり雪というものなのだろう。

そのようなことを考えながら歩いていると、気がつけば日が高い位置にあり、額にも汗が滲んできた。あたりを見ると、四谷御門の前だった。大通りの端に寄り、目的の旅籠を探す。内藤新宿とは言っていたが、四谷大木戸より東側にそれはあった。

円十郎は表から入り、女中に真介を呼んでもらおうと思ったが、大胆というか、あまり細かいところに気がつかない真介でも、さすがに偽名を用いているだろうと思い直す。旅籠の斜向いにある建物の脇で、真介が現れるのを待つことにした。

円十郎は壁に背をつけて腕を組み、息を潜めた。三月も間近なので、だいぶ日が伸びた。遠くの山々と空が重なるあたりが赤らんで来た頃、旅籠の入り口に見覚えのある男が現れた。

「真介さん」

円十郎は小さく声をかけた。すると身の丈六尺の大男が、その怒り肩をびくりと震わせて素早く振り返った。左手は腰の大刀を摑んでいる。

「……円十郎か」

真介は鈴のように丸く大きな目を、安堵のため息とともに細める。しかし左手は大刀から離していない。さっと全身を見る。少し傷みがある紺無地の着物を着流し、草鞋は擦り切れている。黒絽の鞘も塗りが剝げ、髷も鬢のところに乱れがあった。以前のきちんと格好を整えていた真介とは別人のようだ。脱藩してから苦労しているのだろうと思った。

「その節は世話になった」

真介は円十郎を見ず、通りの左右に目を配っている。何者かに見られていないか気にしつつも、〈引取屋〉から助けてもらったことの礼を言うのだから律儀なものだ。

「なにか用か？　部屋で話そう」

円十郎と話したいというより、人目に付きたくないという様子だ。円十郎は真介の無事を確認できたのでもう用はないのだが、真介に腕を引かれるがまま、旅籠に入った。先に階段を上がる真介を追う前に、円十郎は女中に一番高い酒と肴を頼んだ。

真介の部屋に入る。いざという時に即応できるよう、振り分け荷物などは一箇所に集められていた。思っていたよりも備えをしている。真介は窓辺に腰掛け、往来を見下ろす。すぐに女中が酒肴《しゅこう》を運んで来た。円十郎は膳の前に胡座をかく。真介はしばらく外を見ていたが、円十郎が盃を一杯干すと、窓を閉めてもうひとつの膳の前に腰をおろした。

「どういうつもりだ」

「あまり食べていないだろう」

「……手元不如意《てもとふにょい》だ」

「あの頃の団子のお返しだ。気にするな」

手で促すと、真介は箸を握った。しばらく二人は無言で飲み食いした。旨い酒だ、と円十郎は思った。土方歳三から買っていた打ち身に効く石田散薬は酒で飲む薬だった。もう薬は不要だが、あれ以来、円十郎はなんとなく寝る前に一杯の酒を飲むようになっていた。

酔いやすい体だから多くは飲めないが、かえってそれが良い。高い酒を買って毎日飲んでも、すぐにはなくならない。

「あれからどうしていた？」

部屋が夕日で赤く染まっている。円十郎の問いに、真介は盃を置いて答えた。

「十日ほど円覚寺に逗留してから、夜明け前に誰にも告げずに去った。礼金を置いてな。それからは京に行き、攘夷の同志のもとを訪ねて回った」

「苦労したようだな」

「志のためだ。苦労などとは露ほども思わぬ」

真介は口の端を少し吊り上げた。円十郎には分からないだろうと思っているに違いない。円覚寺の門前で、円十郎は真介と言い合いをした。志のために何もかもを捨てる真介のことが理解できなかったのだ。

「今なら多少は分かる」

円十郎は呟いた。もちろん志のためと言って脱藩し、残された家族に苦しい思いをさせたり、腹を切ったりすることには賛同できない。だが半兵衛が、円十郎をならず者の息子ではなく、道場の跡取り息子にしたいという志を持っていたように、志とは利己的なものばかりではないことを、今の円十郎は知っている。

真介の場合は世のため国のためという大仰なものだから、円十郎の理解が及ばないところがある。それでも真介の志は己の立身出世ではなく、誰かのためのものであるということは分かる。

「……そうか」

円十郎の顔をじっと見てから、真介は呟いて笑った。

「どうして江戸に?」

「そう遠くないうちに、水戸の同志が事を起こすだろう」

詳細は知らないが、ここのところ徳川幕府と水戸の間が騒がしい。先日も水戸の過激派が長岡宿に集まって街道を塞ぐなどの事件があったと耳にしている。

「何が起きる?」

「分からぬ。だからこうして戻ってきて、人を探している。なかなか見つからぬから、皆、巧妙に潜伏しているのだろう」

「計画に参加するよう、呼び戻されたわけではないのか」

円十郎は愕然とした。呼ばれてもいないのに勝手に戻ってきたというのか。水戸藩に捕まれば脱藩の罪に問われることは確実だ。水戸の過激派浪士の一人と認知されている以上、幕府の手――もしかすると幕府隠密《おんみつ》〈幽世〉にも狙われるかもしれない。

「死にたいのか」

真介のことがまた理解できなくて、円十郎の語気が荒くなった。

「同志が大きなことをやろうとしている。外から指を咥えて眺めていられるものか。何か一片でも構わぬから、手助けしたい」

真介は眉間に皺を寄せて言う。円十郎は呆れたが表には出さない。

呼ばれていないということは、同志とやらは極秘に事を運んでいるのだろう。思わぬところから真介の手が出てきては、逆に計画が破綻するかもしれない。何もしないことが双方のためだと円十郎は確信したが、

——俺には関係ない。

とも思った。水戸の者が何をしようが、どうでもいい。真介が絡んで失敗しようが成功しようが構わない。ただ真介が無残に死ぬようでは気分が悪い。

「無理はしないことだ」

危険を冒してでも江戸に戻ることを決めた真介を止めるつもりはない。円十郎が言えるとすれば、このくらいのものだった。

「言われずとも、慎重は期す」

二人はまた手酌で酒を飲んだ。

しばらくして、真介がぽつりと言った。

「理緒はどうしている」

真介は円覚寺で己を襲ってきた男たちが、理緒の差し金ということは知っている。真介

と理緒は、きっと深い仲だった。それがあのようなことになったのだから、気にならないはずがない。

「理緒は元気だよ」

そう言ってから、円十郎は〈引取屋〉の話をした。自分が〈運び屋〉であることも改めて告げた。

「仕事だったのだ、理緒も。依頼を受ければ元締めとして、やらねばならない」

円十郎は思わず理緒を擁護するような物言いをしていた。理緒が真介のことを想っていることが分かるから、やむを得ず兵庫を差し向けたのだということを、真介に理解してほしい気持ちがあった。

「……おい、頼まれてくれるか？」

真介が意を決したように力強い声で言った。

「言葉を運んでくれ。もう一度、会えないか、と」

円十郎は頷きを返した。

三

真介と再会した翌朝、円十郎は白山権現へと向かった。理緒の姿を目で探す。緋毛氈が敷かれた縁台が三つ。客は一人だ。縁台に座す男を見て、息が止まった。

剃り上げた頭に袈裟を着た、どこにでもいる僧形。しかし体の大きさが異様だ。立てば六尺以上あるだろう。肩幅が広く、胸が分厚い。手にしている団子の串が爪楊枝に見える。

――兵庫。

〈引取屋〉の男だ。円十郎は足を止め、ゆっくりと息を吐いた。腰の正宗の脇差を左手で握る。過去に一度闘ったが、倒せるとは思えなかった。夢の中にも現れて、たびたび殺されたものだ。だが試衛館に通い、強者と稽古を積むうちに、兵庫の夢は見なくなっていた。

――以前とは違うのだ。

円十郎は己に言い聞かせた。この僧形の男と再び闘うことになった時に打ち勝てるよう、鍛錬を積んできた。臆することはない。

不意に、兵庫が顔を上げてこちらを見た。円十郎の視線に気がついたのだろう。兵庫は目を丸くした。円十郎は鯉口を切り、いつでも抜刀できるようにしたが、

「おお、おお、久しぶりだ！」

兵庫は口の中の団子が見えるほど大きく口を開けて、笑った。

「そんな遠くから睨むことはあるまい。こっちに来て、団子を食うのを手伝ってくれ。ここの団子は見た目以上に腹に溜まって敵わん」

「……団子？」

いささか拍子抜けしたが、円十郎は気を引き締める。油断させるための言葉かもしれない。

「おい、仕事中ではないのだ。何もせぬ。ほら、これでどうだ」

警戒を解かない円十郎に苦笑いを向けながら、兵庫は傍らにある杖を放り投げた。遊環のない錫杖は円十郎の足元に落ちた。転がらず、地面にめり込む。

「ちょっと、罰当たり過ぎない？」

そう言ったのは店から出てきた理緒だった。

「やっと来てくれたのね、円十郎さん。こちらにどうぞ。今、お茶を出してあげる」

理緒は〈引取屋〉の元締めとは思えない看板娘らしい柔和な笑みを残して、店に戻った。兵庫が敵意はないと諸手を広げて待っている。

――これでは俺が馬鹿みたいではないか。

己が吠えてばかりの弱い野良犬に思えてきて、円十郎はため息を吐いた。正宗を鞘に戻し、足元の錫杖を拾う。片手では振り回せないほど重いが、兵庫はこれを片手で投げたのだ。強靱な肉体を持っていることが改めて分かる。

兵庫の足先に錫杖を突き立て、正面ではなく斜向いに腰を下ろした。兵庫が急に錫杖を振ってきた際に通りへ転がり出ることができるよう、浅く腰掛ける。

団子が載った皿を差し出してくるが、円十郎は手で断る。兵庫が残念そうな顔をした。

「少しは気を許してくれても良いではないか。仕事以外でお主を狙うことはない」

円十郎の住処を知っていても、襲ってくるということはなかった。その点においては、理緒や兵庫の言葉は信用に足りる。とはいえ仕事になり、依頼の物が被れば奪い合いになる相手である。余計な会話をして、その端々から己のことを知られては不利になり得る。

「ここの団子が見た目よりも重いことは知っている」

「不味くはないが、美味くもないのだなあ」

そう呟きながら、兵庫は最後の一串を食べ始めた。理緒が湯呑を二つ運んできて、そのまま隣に座った。

「今日はどうしたの？」

理緒の目は噂話が好きな娘のそれではなく、あらゆることを探り当てようとしている鋭いものだ。

「この男がいる前では話さぬ」

かつて真介を狙って現れた兵庫の前で話せば、思いも寄らないことになりかねない。

「あら、青木さまのことかしら」

「おお、あの水戸者か。江戸に戻ってきたのか？」

「今は内藤新宿のほうに」

理緒と兵庫が、共通の知人の噂をするような気軽さで言う。円十郎はもう真介の居場所を把握していたのかと驚いたが、顔に出さないよう努めた。

「もうあの引き取り依頼は取り下げられた。気にするな」

兵庫が団子を嚙みながら言う。理緒も茶を啜り、

「何もしないから安心して。お金にならないことはしないのよ、わたしたち」

とっくに旅籠も摑んでいるのだろう。〈引取屋〉はどこにでも目や耳があるようだ。

「しかし、まあ、俺がいては話しづらいのだろう。お暇しよう」

兵庫は団子を食べ尽くして立ち上がった。理緒はその巨軀を見上げて、

「それじゃ、よろしくね」

と低い声で言った。兵庫は、

「さて、次は台の茶屋で一服するとしよう」

そう呟きを落として去って行った。台の茶屋とは、海を一望できる東海道の三番目の宿場町、神奈川宿のことだろう。外国に港を開いている横浜に近い。兵庫が団子を食うためにここに来るはずがなく、また、海を楽しみに神奈川宿まで行くはずもない。何かを引き取るために向かうのだ。遠い場所まで行くものだ、と円十郎は少しだけ同情した。

兵庫の大きな姿が見えなくなってから、理緒は円十郎のほうに膝を向けた。

「青木さまはお元気？」

「少し痩せていた。居場所は知っているのに、見ていないのか」

理緒は目を伏せた。長い睫毛が顔に影を落とす。

「そんなこと、いまさら出来ると思う？」

「仕事だったのだから、仕方あるまい」

「だからこそ、ね」

理緒は円十郎とは反対の方向に顔を向けて、空を見上げた。

「わざわざ一番腕が立つ兵庫を行かせたの。道案内の〈風〉に遣った人が腕利きの〈運び屋〉だったという、思いがけないことで失敗しちゃったけれど」

兵庫を使ったということは、容赦せず、確実に依頼人に引き渡すつもりだったのだろう。そこには私情など欠片もない。〈引取屋〉の元締めとしての考えしかない。

「そんなわたしが、青木さまに会えると思う？」

理緒は円十郎が来た理由も察しているのだろう。

「真介さんは、会いたいと言っていた」

断られる。それは分かっていたが、〈運び屋〉の仕事を果たさないわけにはいかなかった。

「確かに受け取ったわ」

こちらに向き直って言う理緒の目が少し赤いような気がするが、思い込みかもしれない。

「ねえ、依頼、受けてくれる？」

頷くと、理緒は竹皮の包みを差し出した。きっと円十郎が姿を見せた時に、すべて察していたのだろう。あまりの鋭さに、思わず苦笑する。

「ちゃんと報酬は出すから」

しかし理緒は円十郎の苦笑の理由は分からなかったらしい。包みを受け取って、円十郎は立ち上がった。

「茶代で足りている」

「……また、お団子持っていくわね。黒猫ちゃんとも会いたいし」

「それも知っているのか」

「良い〈風〉が吹いているわね」

なんでもないように言う理緒に、背中が勝手に震えた。それを悟られないよう、円十郎は足早に〈くくり屋〉から去った。

そのまま内藤新宿まで歩いて行き、真介がいる旅籠に入った。端座し、何かの文を読んでいる真介の前に竹皮の包みをそっと置く。

「これは？」

首を傾げる真介に、円十郎は静かに答える。

「〈運び屋〉は荷の中身を知らない」

文を懐に収め、真介は包みを開いた。中には醬油が塗られた団子が三串。二人のいる部屋に香ばしく、懐かしさを感じる匂いが拡がる。何も言わずに、真介はじっと団子を見つめた。しばらくして、手を伸ばす。一個を頰張り、飲み下す。もう一個、さらに一個と食べて、二本目を取る。すべて平らげた真介は、円十郎に向かって頭を下げた。

「手間を取らせた」

「たいしたことは……」

「俺にとっては、これ以上ないものを運んでくれた。良い仕事なのだな、〈運び屋〉は」

普段の運びの仕事とはまるで違う。本来は依頼人も、荷の中身も、受取人も知らない。夜に紛れて此方から彼方の暗闇へと運ぶことが常だ。真介は〈運び屋〉を誤解しているのだが、円十郎の胸に、その言葉は染み込んで行った。面映ゆさを感じて、無言で立ち上がる。

「では、これで」

「また会おう」

短く言い交わし、円十郎は真介に背を向けた。

四

「お会いになれましたか？」

〈あけぼの〉の日出助の部屋で主人を待っている円十郎に茶を運んでくれたお葉が、あまり見ることができない微笑みを浮かべながら聞いてきた。昨日の話を包み隠さず伝えると、

「理緒さんも、つらいお立場だったのですね」

お葉は一枝の桜の彫りが入った丸盆を胸に抱えた。

「為《な》したいことと、為さねばならないこと。どちらを選ぶかは人によるところがありますが、理緒さんもお気持ちを抑えられる方なのですね」

感じ入った顔で言うお葉に、円十郎は少し首を傾げた。理緒さんも、と言っていたが、女中のお葉は〈あけぼの〉の客を冷たくあしらう。多少は愛想良くする必要があるだろうに、そうしていない。もしかしたら逆に、客が氷のように冷たいお葉を求めているせいで、笑顔を隠しているのかもしれない。

――いや、後者はあり得ぬか。

円十郎はお葉が酔客の戯言《ざれごと》に付き合いたいと思うはずがないことを知っている。馬鹿馬鹿しい想像だった。お葉には女中以外の仕事や人付き合いもあるはずだ。きっとどこかで無理をしているのだろう。

――そういえば、お葉さんの家族の話を聞いたことがない。

不意に円十郎は、〈あけぼの〉の外のお葉を全く知らないことに思い当たった。お葉は病身の半兵衛を気にかけてくれている。円十郎たち親子は世話になっているのだから、も

しお葉にも何かつらいことがあるのなら、手助けをしたいと思った。

差し出がましい気がして思いを口に出せずにいる間に、お葉は別の話に移った。

「近寄らず、気づかれぬよう避けたほうがよろしかったのでは？」

兵庫にも再会したことを話しているから、そのことだろう。

「そのとおりなのですが、倒すべき敵として頭に浮かべてきた男が目の前にいざ現れると、動くに動けず……」

円十郎はお葉に素直な心情を吐露《とろ》している己に少し戸惑いながら、そう言い訳した。以前も父への思いなど、内に秘めていることを不思議とお葉には話している。

「運びの最中に突然再会するよりは良いのかもしれません。まさか話したことがある相手だからと言って、技が鈍る円十郎さんではないでしょう」

釘を刺すというか、爪をちょっと立てるような言い方をする。言われるまでもなく、兵庫と荷を奪い合う際には容赦などしない。それは向こうも同様だろう。仕事で必要になれば討つ。仕事でなければ、二、三の言葉くらいは交わす。単純で分かりやすい関係だった。

「ご心配なく」

素っ気なく応じるが、兵庫に対する心構えを整えるきっかけを与えてくれたお葉には感謝していた。こうして直截な物言いで気を引き締め直してくれるお葉だから、円十郎は思っていることを比較的隠さずに話せるのかもしれない。

「心配しています」

お葉が発したとは思えない、かすかに震えた声だった。何事かとお葉の顔を見返す。

「以前わたしが店先で見つけた荷物は、良からぬ物だったそうですね」

申し訳なさそうにこちらを見てくる。お葉は表情があまり変わらないとは言え、最近は気持ちが分かるようになってきた。

お葉が見つけた荷物の運び自体はたいしたものではなかったが、その裏には幕府隠密〈幽世〉の目があった。あの場で柳雪流躰術を見られたことが、後日、蝮のような男に後れを取る結果を招いた。

お葉がどこまで日出助から聞いているのか知らないが、己が見つけて持ち込んだ荷物が悪い事態に繋がったと後悔させるのは心苦しい。

「〈運び屋〉である以上、避けられることではありません。お気になさらず」

経緯はどうあれ、どのみち円十郎はあの荷物を吾妻権現に運んだに違いない。お葉が拾わなければ、才蔵など別の人が見つけて持ち込むだろう。たまたま、お葉だったのだ。

しかしお葉の愁眉は開かれない。何か言いたいように、形の良い唇を小さく歪ませている。本当に気にすることはないと重ねて伝えようとした時、日出助が部屋に入ってきた。

「待たせて済まないね」

お葉はさっと立ち上がり、日出助と入れ替わるように廊下へ出て行った。襖が閉められ、円十郎と日出助の二人になる。

「なにかあったかな？」

「去年の、例の荷物の件です」

「気にしないで良いよと話したんだけどね」

日出助はお葉だから仕方ないと肩をすくめた。責任を感じている出来事を気にかけるなと言われて、さっぱりと忘れられる人ではないことは、円十郎にも分かる。

「さて、〈松〉の仕事だ」

いつもどおり文机の向こう側に座った日出助が、まったく笑みのない顔で告げた。帳面を開き、一点を指で示す。

荷の回収場所は品川御殿山の麓《ふもと》にある善福寺。届け先は赤羽橋付近の稲荷。

円十郎は内心、安堵の息を吐いた。赤羽橋近くにあるのは薩摩の屋敷だ。水戸の屋敷はない。また真介たち水戸の人間と争うことにはならないだろう。その時になれば致し方ないが、できればもう闘いたくはなかった。

「今回の運びに幕府やら攘夷派やら、一体なにが絡んで来るのかは分からないし、〈運び屋〉は知るべきではない」

日出助は静かな声で語る。

「中身を見ぬこと。相手を探らぬこと。刻と所を違えぬこと。この掟を守ることだ。それがあたしらの命を守ることにも繫がる」

荷物のことを何か知ってしまえば、依頼人たちの問題に巻き込まれ、逃れることができなくなる。運びの掟は、依頼人を守るためではなく、〈運び屋〉の身を守るためにある。

円十郎はそのことを十分理解して、日出助の言葉に深く頷き返した。

「歳さんに助太刀を頼んでいる。遠くも近くもないところから見守り、いざとなれば割って入る。荷を届けたあとは金杉橋へ。才蔵を置いておく」

舟に乗りさえすれば、誰も才蔵には追いつけない。土方と才蔵の助けがあれば心強い。

「いつ」

「今夜、丑三つ」

円十郎は頷き、立ち上がった。長屋で準備を整える必要がある。襖を開けると、日出助がいつもの柔らかな声で言った。

「気をつけて行ってくるんだよ」

「行ってまいります」

振り返り、深く頭を下げた。命を落とすつもりはないが、これが今生《こんじょう》の別れにならないとも限らない。円十郎はもちろん、日出助もそう思っているに違いない。気をつけてなど、仕事の時には今まで言われたことがなかった。

外に出てから〈あけぼの〉に向き直る。

──なに、また明日もここに来る。

円十郎は敢えて気軽に呟いてみた。過度な緊張は身を滅ぼす。いつもと同じ運びだと己に言い聞かせる。閉め損ねた戸の隙間から、お葉がこちらを見ていた。冷淡な表情のようだが、あれは案じ顔だ。円十郎は小さく頷いて踵を返した。

五

桜の名所、御殿山。見頃の三月直前の今夜もあちらこちらで桜が咲き始めている。桜にも種類があることは知っているが、どれが何かは分からない。既に花見客が溢れている御殿山も、深夜となれば人気はない。

気にしなければ聞き逃すほどの短さで、口笛が鳴った。御殿山の裾にある善福寺の塀際で夜闇に溶け込んでいる円十郎は、姿は見えないが土方が近くにいることを把握した。

円十郎は左右に目を配って人がいないことを確認してから、跳躍した。塀を軽く撫でるようにして空中で横滑りし、境内に音もなく降り立つ。運ぶ荷物は四角い木箱だという。時刻はすでに丑三つ。早く見つけて運び出さなければならないが、依頼主は荷物の在り処が漏れて横取りされることを警戒し、置き場所を明かしていない。

塀の陰や庫裏《くり》の下をくまなく探すがそれらしき物は見当たらない。円十郎は少し汗ばんできた目元を手の甲で拭い、息を吐いた。焦らず、あたりを見渡す。天水桶が境内の隅に一つある。濡れても良い荷物などほぼないから見落としていた。

猫のように身を低くして地を駆けた。しゃがんだ円十郎の体が隠れるほど大きな天水桶だ。中を覗き込む。あるべき水が無い。円十郎は腕を差し込み、中に溜まっている乾いた落ち葉をかき分ける。布に触れた。引っ張ると、重さがあった。

ちょうど背中に負える大きさの箱が、黒い風呂敷に包まれている。厚みはないから、それほど動きの妨げにはならないだろう。円十郎は紐を使って荷物を背負った。具合を確かめるために軽く体を左右に振ると、かちゃ、かちゃ、と陶磁器とは異なる金物のような音がした。

――割れる物ではなさそうだ。

依頼の荷物が割れ物だと、動き方が変わる。これは壊れない。つまり全力で走り、跳ねても良い。音から考えることはそこまでだ。その形や価値は考えるべきではない。

荷を回収した円十郎は忍び込んだところに戻り、塀の上に腹ばいになった。道には猫一匹いない。そっと地に降り立ち、チッと鼠のような声を発した。土方に移動することを伝えるものだ。

東海道には出ず、畑に囲まれた道を行く。分厚い雲によって月明かりはないが、身を隠す建物がないため、円十郎は出来うるかぎり身を低くして駆ける。程なくして武家屋敷が並ぶ道に入った。左右に塀が連なっている。不意打ちに警戒しながら、足を速めた。

突き当りを左に曲がり、また右に折れる。直線的な通りには闇だけがある。荷物を奪いに来る者がいるかと思ったが、その気配はない。寺社地に入った円十郎は、一気に駆け抜ける。

やがて寺社の並びが途切れた。左側に細川家の屋敷があるから、赤羽橋まで来たことが分かった。あとはこの坂を下れば、もう一息で運び先に到着する。不意に暗闇が揺らいだ。人の形をした影が乱したのだ。円十郎は正宗を抜いた。影はこちらに向かって来るが、背後を気にしているのか、円十郎に気がついていない。高く跳躍して塀の上に降り、即座に跳ねた。頭上という死角を取った。斬るか、蹴るか。決断の瞬間、円十郎に気がついて上を見た影と目が合った。

——兵庫！

僧形ではない黒ずくめの姿だが、目を見れば分かった。

驚きの声とともに兵庫は錫杖を掲げた。円十郎は枝に降り立つ鴉のようにその錫杖に乗り、蹴ったはずみで後方に宙返りをして間合いを取る。錫杖を蹴られたことで兵庫は体勢を崩した。〈引取屋〉がここにいるということは、この背の荷物が目当てに違いない。着地した円十郎は、兵庫を斬るべく、正宗を腰に構えて詰め寄った。

「やはりお主か」

兵庫の声には狼狽の色があった。兵庫が円十郎と闘うことに躊躇するはずがない。違和感を覚えながらも、円十郎は刀を振るった。切っ先が兵庫の腕を掠め、赤い血が飛ぶ。

「おのれ！」

兵庫が怒りの声を発し、錫杖を振りかぶった。幾度となく夢に見た、必殺の一撃。夢の中では毎回頭蓋を叩き割られてきたが、はっきりと動きが見える。錫杖が空を切った。風圧に顔が引き攣るが、躱せた。

錫杖の先が地を穿つ。円十郎は錫杖の上を一歩、二歩と走り、兵庫の鼻面に膝を飛ばした。石が衝突するような音がして、兵庫が仰向けに倒れた。しかし手応えはない。兵庫は額の上の硬い部分で円十郎の膝蹴りを受けたのだ。こちらも脚が痺れた。

——行ける。

円十郎は正宗を下段に構えて詰め寄る。兵庫は達磨《だるま》のように後ろに転がりながら、

「落ち着け、話を聞け！」

と言った。声に余裕がないのは劣勢ゆえと思ったが、多少会話をしたことがあるだけに、それだけではないと察した。

「俺もカッとなって得物を振った。すまん」

片膝を地面につき、右手の平をこちらに向けて兵庫が言う。

「俺の仕事はもう終わっている。その荷をあそこに置くところまでが依頼だった」

「床下か」

出鱈目《でたらめ》なことを言っているかもしれないと思ってそう返すと、兵庫が睨んだ。

「おい、天水桶だったはずだろう」

少しは信じろ、と唾を吐く。

「ならばなぜここにいる」

どこか——おそらく神奈川宿から引き取ってきた荷物を善福寺に隠して仕事が終わりなら、まだこの界隈にいるのはおかしい。兵庫はふらふらしながら立ち上がった。

「……お主のせいで追いつかれた」

兵庫は円十郎に背を向けて、闇の向こうを指差した。目を凝らすと、通りや屋根の上に白刃が見えた。それに気がついた瞬間、円十郎は地を転がった。先程まで立っていた場所に手裏剣が突き立っている。

「貴様がいるということは、こちらが当たりか」

どこからか声が響いた。姿は見えないが、幕府隠密〈幽世〉の、蝮のような男の声だと分かった。

「また荷物をいただくとしよう。悪く思うな」

今夜、何かが動いている。蝮の言い方から察するに、〈幽世〉は江戸中に散らばって、何かを手に入れようとしているのだ。円十郎はそれを持っていた。殺気が迫る。十、いや、倍はいる。囲まれていた。

「まずは突き抜けて、それから二手に別れて撒こう」

兵庫が囁いた。癪だがそれしか道はない。円十郎は兵庫と並んで駆け出した。正面には五人。円十郎が苦無を投擲し、敵の崩れた一角に兵庫が突進した。暴風のような錫杖が二人の忍びの体を破壊する。先に包囲から出た兵庫の背に、刃が迫る。円十郎は再び苦無を投じた。兵庫と忍びの間に空隙が生まれ、円十郎はその隙間を通りざま、敵を打ち倒した。

「またな！」

分かれ道で兵庫が言った。兵庫が向かう上り坂には敵の姿がある。円十郎は正面の道を進む。行く手を塞ぐ一団。十人。これは骨が折れると思ったその時、一団が乱れた。背後に回った土方が襲いかかったのだろう。

円十郎は一団の間を抜けた。行け、と小さく呟く土方に頷きを返す。振り返る余裕はないが、複数人が激しく咳き込んでいるのが聞こえた。きっと何かの粉を撒いたのだ。土方ならば無事に脱することができるだろう。

他人のことよりも己のことを考えなくてはならない。蝮は円十郎を追ってくるに違いない。以前のように敗れるつもりはないが、とにかく荷を奪われないようにすることだ。

——まずは運ぶ。

赤羽橋の稲荷に荷を運べば、より身軽になる。間もなく聖坂が終わる。円十郎は飛ぶように駆け下りた。

六

真っ直ぐ進めば赤羽橋にぶつかる通りに入った瞬間、空から刃が落ちてきた。待ち伏せされていた。前方に転がりながら躱して立ち上がる。三方から敵が来た。蝮はいない。円十郎は前の敵へと大胆に踏み込み、前足の膝を踏み抜いた。敵が背後から迫り来る。円十郎は地を舐めるように身を屈めた。両手で地面を突いて得た力を乗せ、片足を一本の槍さながらに突き出した。踵が敵の鳩尾を貫く。あと一人。

鋭く息を吐く音とともに、敵が宙に跳んだ。最初に斬り付けてきた男だ。円十郎の身の丈をゆうに越えるほどの跳躍。手にしている刀を注視していたから、反応が遅れた。眼前に刃物の切っ先。敵の足裏には匕首が仕込まれていた。

円十郎はその場でくるりと回転した。地に落ちた敵は、足首を抱えて蹲る。廻りながら正宗を振るい、踵の上の腱を斬ってある。これで三人は追いかけることができない。救護するために〈幽世〉は人手を取られるから、追手も減らせる。

再び走り出した円十郎は、赤羽橋の手前にある町人地に入り込んだ。追手の気配はないが、荷を置く場所を見られるわけにはいかない。ゆっくりと呼吸を十回。耳を澄ましても闘争の音は聞こえない。

円十郎は細い道を出た。すぐに運び先の稲荷があった。どこか荷を隠す場所はあるだろうか。小さな社の周囲に目を走らせていると、地面に拳くらいのくぼみが見えた気がした。屈んで手で探ると、地面が動いた。暗くてよく見えないが、四角い木の板のようなものに土を被せてある。円十郎はそれに触れたらしい。

板を滑らせると、四角い穴が現れた。まるで背負っている荷物に合わせて拵えたような穴だ。円十郎は迷わずそこに荷を押し込んだ。恐らく依頼主が用意したのだろう。元通りに板で蓋をして、土を被せる。

瞬きしているうちに、どこにあったのか分からなくなった。昼ならともかく、真夜中では誰も気が付かないだろう。ここまで周到に準備された依頼は初めてだ。それだけに、円十郎は己が運んだ荷の中身を知ることの危険を感じた。

――あとは逃げるだけだ。

才蔵が潜んで待っているという金杉橋に行くのであれば、河岸に出るのが一番早い。しかし見通しが利くため、〈幽世〉からの攻撃が予想された。

薩摩の屋敷沿いの道を行くしかない。辻番所がいくつかあるが、それは屋敷内に忍び込み、宿直の目を掻い潜れば問題ない。円十郎は腹を決めると稲荷社から飛び出した。

人の気配を探りながら、薩摩の屋敷の塀を越えた。異様に静かで、人気がまるでない。

警備の人間も見当たらない。今の円十郎にとっては有り難いことだ。おかげで想定より早く赤羽橋を抜けることができた。金杉通りに出る。才蔵が金杉橋のすぐ近くという目立つ場所にいるとは思えない。円十郎は一本裏の通りから金杉橋が架かる古川を目指した。

金杉橋は河口の目の前だ。町家を抜けると視界が大きく開けた。右側には夜空よりも黒く暗い海がある。左には空き地と金杉橋。その袂に五人。円十郎は正宗を握り直す。

「ふむ、荷はもうないのか」

蝮が言った。蝮の後ろには三人の忍びがおり、そのうちの一人に才蔵が捕まっている。猿轡《さるぐつわ》を噛まされた才蔵の顔はあちこち擦り傷があるが意識はしっかりしているようで、円十郎に済まなそうな目を向けた。

「荷はどこに置いた」

蝮がするすると間合いを詰めてきた。円十郎は下がる。蝮と他の忍びの間が開けば、活路が見出せるかもしれない。だが思惑を読み取られたのか、蝮は足を止めた。

「答えぬか。ならば仲間が苦しい思いをした上で死ぬことになる」

蝮はこれから才蔵に何をするのか、淡々と告げた。爪を剥ぐ。指を関節ごとに落とす。手の次は足。耳にするのも不快だった。

「どのみち、殺す。それでも荷の場所を言わなければ、貴様の番だ。早く言えば言うほど、楽に死ねる。悪くはなかろう」

円十郎は正宗を片手正眼に構えた。蝮が手を上げて、後ろの忍びに合図を送る。才蔵が呻いた。

「一枚目だ」

声にならない叫びが上がった。才蔵が苦痛に身を震わせているのを、円十郎は見ていることしかできなかった。動けば蝮に阻まれ、才蔵は更に酷い目に合う。どうすれば良い。円十郎はわずかな光明を探すべく、目を走らせた。隙はないか。土方や兵庫の姿はないか。声がした。猫。耳を疑った。黒猫が橋の向こう側から疾駆して、才蔵と忍びの足元を駆け抜けた。蝮の横を過ぎて円十郎の前を横切る。ヒメだ。蝮たちの気が、一瞬だけ逸れた。円十郎は苦無を投げつけた。蝮がそれを小刀で払い落としている間に、橋に向かった。才蔵を捕まえている忍びが崩れ落ちた。人影が一つ。

──父上。

円十郎と同じ黒装束に身を包んだ半兵衛がそこにいた。才蔵を引き除けて忍びから遠ざけ、手裏剣を投じた。避けて退いた忍び二人が円十郎の間合いに入った。跳躍し、膝で後頭部を蹴った。地に降り立つ円十郎の横を半兵衛が走り過ぎ、蝮に迫って行った。

「病で動けぬという話だったが」

蝮の呟きを背中で聞いた。事前に調べたのだろうか。どこで、誰から得た話なのか、気にかかった。だが今は才蔵を解放し、この場から逃げ去ることが先決だ。円十郎は尻もちをついている才蔵に駆け寄り、猿轡と腕を縛る紐を切った。すまねえ、と才蔵は食いしばった歯の奥から呻くように言い、川に飛び込んだ。

半兵衛と蝮が交錯し、離れた。どちらも倒れていない。円十郎は残り一人となった忍びを倒すべく肉薄した。忍びが、口笛を鳴らした。長く吹かせてはいけない。最後の苦無を投げ、止める。一気に間合いに割って入ると、忍びは牽制のために小刀を横に振るった。その腕を取り、背中に捻り上げる。肩の関節を外し、首を腕で絞める。足音が聞こえた。口笛を聞きつけた〈幽世〉が間もなく到着する。

円十郎は、蝮と闘う半兵衛と、川を泳ぐ才蔵を見た。才蔵は舟をどこかに隠しているのだろう。漕いで戻ってくるはずだ。半兵衛は病を感じさせない俊敏な動きで蝮と渡り合っている。

蝮が半兵衛の懐に入り、下段蹴りの気配を見せた。脹脛を蹴る、あの技だ。半兵衛は下がって避けるのではなく、前に出た。半兵衛の足裏が、蝮の膝を押し返す。持ち上げた鎌首を叩かれたように、蝮は身を引いて間合いを取った。

円十郎が首を絞めている忍びが落ちた。半兵衛に加勢しようとするが、間に別の忍びが割り込んだ。邪魔をするな。怒りを込めて、円十郎は行く手を阻む忍びを拳で打った。

目まぐるしい攻防になった。三人が入れ替わるように円十郎を攻める。反撃を試みると、左右から刃が迫る。じりじりと押され、半兵衛から離されていく。気が急いた。視界には常に半兵衛と蝮を入れていた。一足一刀の間合いの外から、両者は機を窺っている。

焼けるような痛みが走った。右の上腕を斬られた。浅いとは言え、眼前の敵に集中しなくては危うい。半兵衛は肺の病だ。長くは闘えない。円十郎は半兵衛から目を離した。

右。突き出された刀を躱しながら、右肘を敵の鼻面に激突させる。左。敵の手首に手刀を入れて切り下ろしを弾く。外に流れたその男の横腹を膝で穿つ。前。匕首を腰に溜めて突進してくる。円十郎は身を低くして足払いを掛けた。仰向けに倒れた忍びの腕を踏みつけて動きを止め、空いた首根を足刀で潰す。

視線を上げる。半兵衛と蝮が打ち合うのが見えた。間に合った。父はまだ立っている。半兵衛が飛び退る。父らしからぬ、歪な動き。前屈みになり、咳き込んだ。赤い。夜闇に浮かぶ、鮮血。

「父上！」

叫んでいた。蝮が動いた。喀血し、足元が揺らいだ半兵衛の胸に飛び込んでいく。小刀が、父の胸に滑り込んでいく。刃が埋まる。見てはならない姿だった。決して起こり得ない、父にだけは有り得ない、光景。

倒れた。

半兵衛が、敵を前にして仰向けに倒れた。

蝮がこちらを向いた。嗤っているのか。不気味に光る双眸を睨みつける。体中が熱い。

その熱を正宗に乗せて叩きつける。蝮はあっさりとそれを躱し、円十郎の懐に潜り込んできた。膝を振り上げると、蝮は下がった。

「こちらへ！」

才蔵が叫んだ。舟があった。

「父上を！」

叫び返す。円十郎は前に出た。蝮も進み出て、下段の蹴りを放ってきた。円十郎は前に出ている左足を外に開いた。脹脛を狙っていた蝮の足が円十郎の脛骨に衝突する。

「おのれ」

蝮が呻いた。円十郎にも痛みはあるが、蝮の受けたそれとは比べ物にならないだろう。土方と工夫した受け技が実った。

「はやく！」

才蔵が呼びかける。目尻で背後を見ると、半兵衛と才蔵は舟に乗っていた。ふっと蝮の気配が遠のいた。退いている。訝しんだが、理由はすぐに分かった。声や物音を聞きつけて、近くの武家屋敷から人が出てきていた。

円十郎も身を翻す。舟に飛び乗った。才蔵が櫓を漕ぐと、あっという間に海に出た。跪いて半兵衛に身を寄せる。

「父上」

顔を正面から覗き込む。月の光のように白い顔だった。目が開く。ぼんやりとした目線が、円十郎の顔のあたりをさまよった。

「円十郎」

ぶじか、と口が動いた。

「無事です。父上、無事です」

よかった。そう言って、口の端が引き攣るように持ち上がり、止まった。目を見つめ、父上、父上と呼びかける。

応えはなかった。

手のぬくもり

一

半兵衛を寝かせた部屋の襖が開いて、中から医者が出てきた。廊下で待っていた円十郎を見ると、首を横に振る。円十郎は医者とすれ違うようにして部屋に入った。

半兵衛が布団の上に横たわっている。枕元に膝を落とし、顔を眺めた。静かに眠っているように見える。目元は相変わらず険しいが、口辺には微笑みを湛《たた》えていた。

労咳だった。

それがなければ蝮に敗れることはなかったはずだ。半兵衛が誰かに負ける姿など見たことがなかった。万全の半兵衛ならば相手が蝮だろうと兵庫だろうと、円十郎が思いも寄らない技で最後には打ち倒すに違いない。

結局、半兵衛からまともに一本取ることはできないままだ。もう二度と、半兵衛は闘えない。また手合わせをするという約束は果たせないものになってしまった。円十郎がどれだけ技を磨こうとも、立ち合ってくれる相手がいないのだから、勝ちようがない。もう父を超えることはできないのだ。

——いや、一つだけ超えるすべがある。

するりと黒い影が視界の端を横切った。顔を上げると、部屋の角に黒猫がいた。

仄暗い部屋の中にあって、黒々としたその姿はやけにくっきりと見えた。金杉橋に突然現れた時も、夜闇よりも濃い黒の体と金色の双眼はよく見えた。

「おまえが父上をあそこに連れて来たのか？」

円十郎と才蔵の窮地を感じ取り、半兵衛を引っ張ってきたのか。そのような化け猫じみたことも、ヒメならできるような気がする。ヒメはなにも答えず、じっと円十郎の目を見返しているだけだ。

忍びやかな足音がして、日出助が部屋に入って来た。そろそろと、眠っている人を起こしてはいけないと気遣っているような足運びだ。円十郎の向かいに端座し、半兵衛を見下ろす。

「半さん、ご苦労さま」

囁き声なのに、はっきりと聞こえてくる。静かだった。円十郎も、日出助も、ヒメも。そして、半兵衛も物音一つさせていない。これほどまでに静かな時があるのだろうか。

日出助が右手をそっと伸ばした。衣擦れの音が静寂を破る。手が、半兵衛の頰に触れる。

「こんなに、冷たくなって」

呟きが雷鳴のように円十郎の耳朶を震わせた。その響きの大きさに心臓が目を覚ましたように暴れ出した。円十郎は己の心音があまりにうるさくて、思わず胸を抑えつける。

不意に母の姿が脳裏に浮かんだ。

柳のように痩せ細り、雪のように白く透き通る肌をした、床の上の母。

その、この世のものとは思えないほど美しい母の死に顔を半兵衛は凝然と見詰め、あたたかで柔らかだった手を、無骨な手で何度も何度も、撫でている。

あの時、十四歳だった円十郎は手を伸ばすことができなかった。ただただ、母を慈《いつく》しむ父の姿を目に映していた。

いよいよ棺に納められる時が来て、半兵衛が母を抱えあげた。

揺れた拍子に滑り落ちた母の腕を、円十郎は咄嗟に手を出して受け止めた。じん、と手のひらが痛んだ。雪を掴んだときのように冷たい。

これがあの母の手なのか。信じられなかった。これ以上掴んでいては凍えてしまうと怖くなって、円十郎は垂れ下がった母の腕を押し戻した。

稽古で打たれた箇所を、やさしく撫でてくれた手のひら。軟膏を練り、傷に沿わせるように塗ってくれた柔らかい薬指の腹。それらは今や、氷のように、固く冷たい。

人は死ぬとこうなるのだと、初めて知った。

今は母ではなく、父が床の上にいる。

医者が出て行く時に首を左右に振ったのはもう長くはないという意味で、半兵衛はまだ生きていると思いたかった。

頭ではわかっていた。胸が上下せず、顔色は生者のものではない。それでもまだ、触れるまでは、その手が氷のようになっていることを確かめさえしなければ、父はまだ死んでいない、と思い込むことができた。

臥せっているだけだ。もう立ち合うことはできないかもしれないが、話すことはできる。それで十分だ。強敵に会った話をしよう。次はこう工夫して勝ってみせると語り、考えが甘いと馬鹿にされ、腹が立ち、父の顔を睨みつける。それで良い。それが良い。

もし、冷たかったら。

母と同じ手をしていたら。

父の死を、この手が知ってしまう。

指先から伝わる体温が、手を通して、円十郎に分からせてしまう。

それが恐ろしくて、やはり円十郎は手を伸ばすことができなかった。

そんな円十郎をよそに、日出助は半兵衛の頰を、手を、足を擦っている。愛おしそうに、母をなでていた父のように。

「疲れただろう。ゆっくり休むといい、半さん」

日出助の言葉が耳に染み込んでくる。妻に先立たれ、道場を興し、貧苦にあえいだ。円十郎のためを思ってした事も、思われていた己は理解せず反発していた。

そのような一生で、半兵衛は良かったのだろうか。

疲れてくたびれただけだったのではないだろうか。

「……父上は」

幸せだったのでしょうか。

「円さんより先に逝けて、良かったね。いい人生だったじゃないか」

日出助が言う。いつの間にか近寄って来ていたヒメが膝に触れ、登ってきた。

膝の上で丸くなる。こんなにあたたかいのか。円十郎はヒメの頭に手のひらを置いた。じんわりと熱が伝わり、少しだけ息をするのが楽になった。

「ほら、円さん。よく頑張った、立派な手じゃないか。撫でておやり」

促されて、恐る恐る右手を伸ばした。ヒメが円十郎の左手に頭を押し付けてくる。あたたかい。これなら、耐えられるかもしれない。

大きな手。触れる。冷たかった。硬い拳の骨。何度これに打たれたことか。だが、もう何も打つことはない。痛めることもない。

強張り、冷たくなった手をほぐしてやりたくて、円十郎は何度も撫でて、何度も揉んだ。あの時、父が母の手をいつまでも撫でていたのは、こういう気持ちからだったのかもしれない。もっと早く、父のことを知ることができていれば、もっと多く、話をすることができたのかもしれない。

――もっと、もっと。

撫でても撫でても、父の手はもうあたたかくならない。痛いほどに、それが分かった。

二

日出助に手伝ってもらいながら無事に父を見送ることができた。

葬儀や住居の片付けなどをしていると、慌ただしく日々が過ぎていった。ほとんど物を持っていなかった半兵衛でも、人が一人生きていたのだから、それなりに手間はかかる。遺品の大半は処分したが、手裏剣などの忍道具は引き取った。

諸々のことを終わらせた日の夜、日出助の部屋で、ゆっくりと酒を呑むことになった。もう半兵衛の思い出を語ることはない。この数日の間に、話すべきことは話し尽くしたのだ。

「歳さんは無事だよ。才蔵も剝がされた爪が少し痛むだろうけど、もう舟を出している」

円十郎の身も心もひとまず落ち着きを取り戻したと見て、日出助はあれからの状況を教えてくれた。

「気がついていると思うけど、お葉がいない」

「音沙汰なしですか」

「あの運びの日の、夕方から。どこかに出て行ったきり、姿が見えないんだ」

依頼を受けて〈あけぼの〉を出た時に、戸の隙間ごしにお葉と目が合った。あの日を最後に、〈あけぼの〉に帰ってきていないのだという。不安そうな目をしていた。なにか辛いことに耐えている顔だったのかもしれない。

「書き置きもなければ、脅《おど》しの文も?」

「どちらもない。拐《かどわ》かされたとは思えないよ。あれでお葉は身ごなしが軽いし、多少は躰術の心得もあるから」

お葉はどこで躰術を学んだのだろうか。円十郎はお葉がどのように生きてきたのか、まるで知らない。知っていることと言えば、嫁いだが離縁し、それから〈あけぼの〉の女中として雇われたということだけだ。

「昔の夫のところや、親元に戻っているということは?」

日出助は首を振った。

「どちらもないよ。四年前に離縁した相手は錺《かざり》職人で、今は店を構え、妻子もいる。両親は三年前の火事で亡くしているから、あの娘に寄る辺はないんだ」

悲しそうな顔をして言うが、日出助はお葉の身辺をよく把握していた。ただの船宿の主ではない裏の顔を持つ日出助が、身内にする人間に怪しい点がないかを調べるのは当然だろう。

「人を遣って探させているけれど、手がかりがなくてね」

「俺も探します」

引っかかるものがあった。

吾妻権現に誘い出されることになった運びの荷物は、お葉が店先で見つけたものだ。持ち込んだことを、お葉は後悔していた。ただ見つけてしまっただけだというのに、それほど己のおこないを悔いるものだろうか。

理緒と真介のことを話した時、お葉は理緒に肩入れしていた。為したいことと、為さねばならないことのいずれかを選ばなければならないとき、理緒も気持ちを抑えられる人なのだと感じ入っていた。お葉にも女中として、そういうことがあるのだろうと深く考えなかったが、軽く捉えてはいけなかったのではないか。

そして、〈幽世〉の蝮の言葉。

金杉橋に現れた半兵衛を見て、病で動けぬという話だったが、と呟いていた。どこから得た情報だったのか。あの時は考える暇がなかったが、聞き流してはいけない言葉だ。

運ばれる物を狙うとしたら、〈運び屋〉の存在を知る蝮が、〈あけぼの〉の動静を調べないはずがない。もしかしたら見舞いに行く円十郎や、世話をするために通っていたお葉を尾行していた者がいたのかもしれない。

そのお葉を〈幽世〉が拐かす。有り得ないことだ。理由がない。いまだに荷物を奪おうとしているのなら、お葉ではなく、届け先を知っている日出助や円十郎を直接狙うだろう。

だがその動きがないということは、荷物はもう奪えない状況にあり、奪取を断念しているに違いない。

「心当たりがあるのかい？」

日出助が黙り込んだ円十郎の顔を覗き込む。円十郎は小さく首を横に振った。

――危害が及ぶはずもないお葉が姿を消したということは、自ら消えたのだ。

なぜ消えたのか。

為さねばならないことを為し終えたからだ。

確信に近いものを持っているが、根拠は薄い。確たる証拠もない中で、日出助にお葉が為したと思われることを告げるわけにはいかない。

――お葉は〈幽世〉と繋がっている。

店先で荷物を見つけたと言い、運び先に潜んだ蝮に円十郎の技を見させた。

半兵衛が動けないことを、そして円十郎が荷を運ぶことを、〈幽世〉に伝えた。

役目を果たしたお葉は〈あけぼの〉を去ったのだ。

――去ったのなら、まだいい。

円十郎の胸に、〈運び屋〉を裏切ったと思われるお葉に対する怒りはなかった。お葉は親身になって半兵衛の世話をしてくれた。円十郎の話を聞いてくれた。あの姿が芝居だとは思えない。きっと何か、為さねばならない理由があったのだ。

円十郎が一番恐れているのは、用済みになったからと、お葉が〈幽世〉に処分されることだ。死体も痕跡も見つからないようにお葉一人をこの世から消すことなど、造作もないだろう。身近な人が殺されるような、そのような悲しいことは、もう御免だ。

お葉を見つけたい。そして真実を知りたい。

——事情によっては……。

円十郎は胸をよぎった企《くわだ》てを頭の奥に押し込む。日出助に明日から探すとだけ告げて、盃を置いて帰宅した。

早朝、表戸で爪を研ぐ音に起こされた円十郎は、いつもどおりヒメに魚を与えた。皿に顔を埋めるようにして魚を食べるヒメの後頭部はあたたかそうだ。もう三月になったというのに、肌寒い日が続く。暖を求めてヒメの頭に手を置こうと動いた瞬間、ヒメはシャーと敵を脅す顔を向けてきた。

「この間は触らせてくれたではないか」

不満の声を上げるが、再び魚に夢中になったヒメに無視される。あの時は円十郎を慰めるために膝に登ってきたのだろう。普段も触らせてくれたら、もっと良い魚を用意するのに。

食べ終えるまで待ってから、円十郎は長屋を出た。木戸のところまで付いてきたヒメだが、そこで止まった。

「お葉さんがどこにいるか、分かるか？」

問いかけてみるが、ヒメは小首を傾げ、それから右後足を天高く掲げて毛繕いを始めた。ヒメならばお葉の居場所まで案内してくれるのではないか、と期待していたのだが、あえなく潰えた。猫の手は今は身綺麗にすることで忙しく借りられないらしい。

探す当てはない。円十郎の中で、お葉は〈あけぼの〉と一体になっている。船宿を離れたお葉は、どのような景色とも合う気がしない。

人を探すことは不得手だ。真介の姿を町中で見かけた時も、居場所を探ってくれたのは他ならぬお葉だ。〈あけぼの〉において情報を拾ってくることが得意なのはお葉だったから、今の状況で頼れる人はいない。

ふと、一人の娘を思い出した。お葉以上に探しものが得意な人。背に腹は代えられないか、と円十郎は嘆息して歩き出す。

白山権現の近くにある茶屋〈くくり屋〉。

運びの商売敵にもなる〈引取屋〉の元締めがいる店に、客の姿はない。

「あ、円十郎さん」

目ざとくこちらに気がついた理緒は、少し暗い笑顔だった。

「たいへんだったわね」

縁台に腰を下ろした円十郎の前に来て、気遣わしげな声で言った。半兵衛のことだろう。見上げると、理緒の目は赤くなり、潤んでいた。

「なぜ理緒が泣く」

ぎょっとして言うと、理緒は少し頰を膨らませた。

「円十郎さんのお父様のことなのよ。悲しくないわけがない」

「父と話したことはないだろう」

「……友だちの親御さんが亡くなったと聞いても何も感じない人だと思われているんだ。もっと悲しくなってきた」

前掛けの端を持ち上げて目尻を拭う姿は、どうも嘘くさい。半信半疑ながら、

「いや、そんな人だとは思っていない。済まなかった」

円十郎は謝った。すると理緒はパッと笑顔になった。

「誤解がとけて良かったわ。それで、なにか用かしら」

目元はまだ赤みがかっているが、もう涙はない。そして笑みもなかった。

「兵庫は無事か？」

「意外ね、心配してくれるんだ」

わずかな間だが、共闘したのだ。生死くらいは気になっていた。

「数日前までは無事。でも、もう江戸にはいないから、今は分からない」

「どういうことだ」

「あの夜に争った相手は幕府の隠密でしょう？」

理緒はその正体を見抜いていても名は知らなかった。円十郎は頷き、〈幽世〉という名を教えた。

「ありがと。兵庫は彼らを何人か殺しちゃったから。荷物を運び、怪我をさせただけのあなたとは違うのよ」

円十郎がこうして日の下を歩くことができるのは傷を負わせた程度だからで、兵庫のように殺したともなれば話は違う。闇の世界に生きる〈幽世〉たちは、兵庫を捕らえて法によって裁くのではなく、報復を企てるのかもしれない。

言われてみれば当然のことに、今更ながら思い至った。

――ならば、父上を殺したあの男も。

役人には、半兵衛は病死と届け出ている。殺害されたと言えば、どこで何をしていたのか話す必要がある。運びにまつわるすべてを秘匿しなければならない〈運び屋〉は、公に蝮を訴えることなどできないのだ。訴えたところで、幕府隠密の者を捕らえることなど出来るはずもない。

それならば、遺された者が死者のためにできることはただひとつ。

「……円十郎さん」

物思いに沈み込んでいた円十郎の肩を、理緒が揺すった。

「怖い顔しないで」

「済まない」

「それで、本当の用はなに？」

「お葉さんが姿を消した。見つけたい」

「え、あの女中さんが？」

理緒は少し冷たい目で円十郎をじろじろ眺めた。

「……円十郎さんも探すんだ」

理緒は妙に白けた空気で言う。

「忽然《こつぜん》と消えてしまったら、当然探す」

「ふーん、もしわたしが消えたら？」

「まあ、心配くらいはする」

ちょっと、と鋭く言って、理緒は拳で円十郎の肩を叩いた。

「ちゃんと探してよね」

理緒なら拐かされても自力で何とかしそうだと思ったが口には出さず、

「探すよ」

とだけ言った。理緒は嬉しそうに笑みを浮かべた。

「あとは〈引取屋〉にお任せあれ」

差し出された手のひらに、円十郎は小判を一枚置いた。

三

円十郎は理緒の協力を得たその足で、甲良屋敷の試衛館を訪ねた。着いた頃には陽が傾きかけていて、道場に人影はまばらだったが、井戸端に土方がいた。手ぬぐいで汗を拭っているところだった。

「おう」

昨日会ったばかりのような顔でこちらを見る土方に、円十郎は深く頭を下げた。

「先日はありがとうございました」

「おう」

無愛想なわけではない。逆に心遣いを感じた。半兵衛の死を悼んだり、円十郎の心身の具合を心配したりする優しさを持ち合わせているからこそ、あえて言わない。

円十郎がこの数日間でそれらとしっかり向き合い、気持ちを整え終え、とやかく同情の言葉を掛けられたくて道場に来たわけではないことを分かっているのだろう。

「宗次郎なら、中で握り飯を食っている」

「今日は土方さんにお礼を言いに来ました」

「俺は仕事をしただけだ。礼なんて要らねえ」

道着を着直しながら素っ気なく言う。土方が〈幽世〉を引き付けてくれなければ荷物を運ぶことは出来なかっただろう。それが土方の仕事だったとしても、円十郎は感謝を伝えたかった。仕事をしただけだというのは助けた側が言うことで、助けられた円十郎が思うことではない。

「それで、どうする?」

鋭い眼差しを向けられたが、円十郎は静かに受け止めた。

「仇を討つなら、手を貸す」

半兵衛の仇討ち。

円十郎が考えていることを、土方は見抜いていた。だが、その意味までは分かっていないだろう。

「助太刀は無用です」

父を殺した〈幽世〉の蝮を斬る。土方の助力があれば多少容易になるが、それでは意味がないのだ。結果は同じでも、円十郎が一人で斬る必要がある。父の仇だから討ちたいのではなかった。

「超えなければなりません」

蝮を。半兵衛を。

体が万全ではなかったとは言え、師が負けた男がいる。その男に勝てなければ、円十郎は永遠に半兵衛を超えられない。これは〈運び屋〉としてではなく、柳雪流の後継者である円十郎としてやり遂げなくてはならないことだ。土方や日出助など〈運び屋〉の助力は受けないと決めている。

「……そうか」

土方は深く頷いた。

「奴を倒すための工夫がいるだろう。その手伝いならできる」

「助かります」

まさにお願いしたいと思っていたことだ。

「なんですか、悪巧みですか?」

朗らかな声とともに背中を叩いてきたのは、円十郎が知る限り、最も強い青年。

「俺も交ぜてくださいよ」

「沖田さん、そのつもりです」

円十郎の声を聞いて飛び出して来たのか、まだ片手に握り飯を摑んでいる。頰に飯粒をつけた邪気のない笑顔だが、

「父から授かった、柳雪流の奥義を仕上げたいのです」

「……いいですね」

奥義と聞いた沖田の顔が、獲物を見つけた餓狼のように輝いた。

稽古を始めたのは昼過ぎだったが、気がつくと道場は夕方の赤い光に染まっていた。土方は板壁に背を預けて項垂れている。首に濡らした手拭いを当てている姿を見て、円十郎は心の中で詫びた。

「さあ、もう一本」

沖田の闊達な声に応じて、短い木刀を構える。素面素小手。防具は実戦では使わないからと、円十郎が希望した。無論寸止めをするのだが、激しい打ち合いの中で強かに打たれ、打ってしまうこともあった。

沖田が踏み込んで来る。円十郎の体が自然に動く。もはや何がどう動いているのかも定かではないが、すれ違った円十郎の体のどこにも痛みはない。

「お見事」

振り向くと、沖田が右手で首根を擦っていた。少し顔が引きつっている。

「大丈夫ですか」

「ええ、真剣なら死んでいたところです」

つまり寸止めできなかったということだが、沖田は嬉しそうに笑った。

「いい技ですね。でも、次やる時は破ってみせます」

「そうならないよう、励みます」

「真剣なら、次なんてものはないですからね。俺の負け惜しみだな」

沖田は稽古はおしまいと言って、円十郎を井戸端に誘った。諸肌を脱いだ沖田の鋼のような体に浮かんでいる汗が、斜陽を受けて血の雫に見えた。

「次の機会、ちゃんと作ってくださいよ？」

「……」

円十郎は言葉を返せなかった。父と約した「次」はもう訪れない。それを思うと、安易に答えることができなかった。

「約束ですからね。男は約束を死んでも守らないといけないって、土方さんが言っていました。だから、また稽古をするって、約束してください」

常と変わらない笑顔だが、その目は真っ直ぐに円十郎を見ていた。もちろん沖田に〈運び屋〉や〈幽世〉のことは話していない。それでも今日の稽古で、円十郎が為そうとしていることを察したのだろう。

「約束はできません」

「真面目だな。自信がなくても、約束しちゃえば良いんですよ。そしたらそれが首の皮一枚、つなげてくれるかもしれない。御守りみたいなものですよ」

そう言って、沖田は拳を作り、円十郎の胸をトントンと叩いた。

「皮一枚残っても、命は助からないと思いますが」

「いやだなぁ、喩えですよ。まさか本当に首斬られるつもり？」

その笑顔に、円十郎もつられて笑った。

「斬らせません」

「その意気です。じゃあ、また今度」

そう言って、沖田は円十郎の後ろを指さした。振り向くと、才蔵が立っていた。

円十郎は頼んでいないのに迎えに来てくれた才蔵に礼を言い、猪牙舟に乗った。体が疲れ切っていたから、座るとすぐに眠くなった。きっと才蔵も円十郎が為そうとしていることを感じ取り、試衛館で励んでいると予想したのだろう。

――日出助さんは、俺を止めるだろうか。

命を賭けることになる。それを日出助は許してくれるだろうか。背中を押してくれるだろうか。そんなことは止めなさいと言うかもしれない。だが、円十郎の気持ちも分かってくれるはずだ。日出助は何も言わないだろう。ただ、見守ってくれる。そういう人だ。

目を閉じて、開くと、舟が止まっていた。もう長屋の近くの河岸だった。短い間の休息だったが、体は軽くなっている。

「円さん、無理はしないでくださいよ」

才蔵が舟の上から船着き場に上がった円十郎に言葉を投げた。円十郎が頷いて受け止めると、才蔵は片手を振って舟を出した。あっという間に見えなくなる。

長屋に戻ると、上がり框に封書が置いてあった。傍らにヒメがいて、仲の悪い猫と戦っているかのように毛を逆立てながら封書を叩いている。

封書を取り上げると、ヒメは鼻を鳴らして出て行った。きっと文を置いていった者が戸を開けた際に、一緒に入り込んだのだろう。警戒してくれていたのかもしれない。

開くと、寺の名が書かれているだけの短冊が一枚出てきた。浅草の新寺町にある寺だ。短冊から、微かに甘い匂いがする。ヒメはこれを嫌って叩いていたのだろう。理緒は、〈引取屋〉は、仕事が早かった。

四

日中は賑やか過ぎる浅草だが、広小路を西に進み、新堀川に架かる菊屋橋を渡った先にある新寺町の、しかも夜中ともなれば、人の気配はない。円十郎にとって、寺に忍び込むなど造作もないことだ。

理緒から教えてもらった寺の境内に降り立ち、庫裏に回った。大きくはない寺だから、お葉が寝泊まりしている部屋の位置は推測できる。ここだろうと思われる床下から、円十郎は短く小さく口笛を鳴らした。

頭上の床板の上で人が身じろぎする音がした。その足音から想定される背格好はお葉のものだ。円十郎は口笛を小刻みに吹きながら床下を移動する。足音は鼠の鳴き声のような口笛を追っている。夜空の下に戻った。戸が静かに開く。立ち上がった円十郎を見て、お葉は息を呑んだ。

円十郎は声を出さずに、境内の角を指さした。お葉は音を立てずに地に降りる。その身ごなしは町娘のものでも、武家の子女のものとも違うと、改めて思った。

「なぜここにいると?」

お葉が囁く声は、しっかりと耳に届く。鍛錬した忍びであればできる話し方だ。円十郎も同様の発声をする。

「〈引取屋〉に頼みました」

「理緒さんですか」

「奴らが〈風〉と呼んでいる、人の目と耳があります」

「風の噂からは逃げられないということですね」

嘆息するお葉の顔は、少しだけ窶れているが、傷や痣はない。危惧していた〈幽世〉による拐かしの線はなさそうで、円十郎は安堵した。

「お葉さん、あなたは〈幽世〉の手先ですか」

円十郎は直截に言った。顔色を注視したが、お葉の雪のように白い顔は、分厚い氷のごとく動じない。だがその肌の下で微かに揺れるものが見えた。

「そういうことになります」

「いつから」

「物心がついた頃には、〈幽世〉の屋敷にいました。同じような子が、何人も」

　円十郎が予想していたものとは違う背景だった。お葉が〈幽世〉に関わっていることは、過去の言動から間違いないと思っていた。だが〈幽世〉と繋がりができたのは最近のことだと考えていた。

「〈あけぼの〉の店先に置いてあった荷物を持ち込んだときからではなく、幼い頃から?」

「あの件も、申し訳ないことをしました。簡単で、実入りの良い依頼だと言われて疑いませんでした。そのせいで、円十郎さんは技を彼らに見られることに……」

「見られただけで敗れるのは、俺が未熟だからです。お葉さんが気に病む必要はありません」

「半兵衛さんが亡くなられたのも、わたしのせいです」

　お葉が言う。切れ長の双眸から、涙がこぼれた。

「わたしが、あの日の依頼のことを〈幽世〉に秘していれば。半兵衛さんに、話していなければ。ですが、そうすると、円十郎さんが亡くなっていたかもしれない」

　涙をこぼしながらも、お葉の顔は変わらない。声も震えず、まるで話をする絡繰《からくり》人形のようだ。だが言葉はお葉の心の中からこぼれ出ているものだと分かった。

「もう、何も知らない顔をして〈あけぼの〉に居ることなどできません」

「日出助さんも、心配していましたよ」

できるだけ優しく言うと、お葉は糸が切れた人形のように項垂れて、ごめんなさいと呟いた。

「教えてください。お葉さんと〈幽世〉のこと。なぜお葉さんが自分のせいで父が死んだと思うのかを」

お葉はわずかに顔を上げて、円十郎の胸元を見据えた。

「わたしは、円十郎さんを、日出助さんを、ずっと裏切っていました。話を聞き終えたら、お斬りになってください。許さないでいただきたいのです」

「……」

円十郎は沈黙で返した。それをどう受け取ったのか定かではないが、お葉は足元に視線を落とし、淀みなく語った。

「〈幽世〉は徳川家による世を永久のものにするために、どれだけ小さな危険の芽も見逃さないようにしています。見つけた芽が何にもならないのであればそれで良く、危うい果実になる兆しがあれば闇に葬る。そういう者たちに、わたしは育てられました」

お葉の顔は無邪気に楽しかった頃を懐かしむようなものではない。

「わたし以外にも、同じ年頃の子が十人ほど、屋敷の中で読み書きを習い、武術も教えられました。あの屋敷がどこにあるのかは誰も知りません。他所に行くことはほとんどありませんでしたが、その際は外が見えない駕籠に詰めこまれ、長い間揺られていました」

拐かしをするときによく使う手だ。普段生活している町であれば、外が見えなくても曲がるまでの距離や回数、物音から己の居所を推測できる。その感覚を壊すために、出鱈目な道筋を進むのだ。

「わたしには錺職人の夫がいましたが離縁し、両親は火事で喪ったということになっています。どれも本当であり、嘘なのです。夫もまた〈幽世〉に育てられた人で、離縁したという事実を残すために、一年間、同じ長屋で暮らしました。両親は、わたしが江戸にいる理由を作るために用意されました。近所の人たちに一人娘を連れて江戸に来た一家であることを知らしめてから、家を焼きました。見つかった遺体は別のところから調達してきたもので、両親役だった人たちは、今もどこかで〈幽世〉の仕事をしています。こうして、江戸で身寄りがない、孤独な女が生まれました」

黙って話を聞いている円十郎は、顔には出さないものの、開いた口が塞がらない思いだった。

お葉という人の人生には、何も本当のものがなかった。夫がいたこと、両親が亡くなったことは公の事実というだけである。先程はお葉の様子から絡繰人形のようだと思ったが、紛れもなく、お葉は〈幽世〉が操る人形だ。

「そうした過去で肉付けされ、わたしは〈あけぼの〉の女中になりました。日出助さんはよく調べられていましたが、人生そのものが嘘であるとは思い至らなかったようです」

円十郎は声を発した。

「なぜそこまでして〈あけぼの〉に？」

時には藩の大事を左右する荷を運ぶこともあるとは言え、そこまで周到に準備をしてお葉を潜り込ませるほどなのだろうか。

「この程度、なんということもありません。〈幽世〉はあらゆるところから孤児を集め、育てています。最初に申し上げたとおり、小さな芽を見逃さず、何もなければそれで良い。芽を探す絡繰人形はいくらでもあります」

「お葉さんのような人が、いくらでも？」

「はい。わたしは大樹に繋る無数の葉の一枚にすぎません」

市井から情報を集め、徳川家にとって危険な芽を摘む。徒労に終わることが多いとしても、その積み重ねが、二百五十余年の世を支えてきたのだろう。途方もない労力とその結果に、円十郎は言葉を失った。

「定期的に、わたしは定められた場所に文を隠します。聞いた話を簡単にまとめたものです。それを読み、〈幽世〉がどう動くかは知りません。知らせた内容が世の中の何に結びつくのかは、わたしが知るところではないのです」

そこは〈運び屋〉と似ていると円十郎は思った。誰かの何かを何処かに届ける。その後、何があろうと関係ない。知るべきではないというのが、掟だ。

「今までなにも疑問を抱いていませんでした。ですが、荷物を渡されて、そのせいで円十郎さんは手の内を見られ、窮地に陥りました」

お葉が目を上げた。

「わたしのせいで円十郎さんに彼らの刃が迫ったと思うと、今までのようにすべてを知らせることが恐ろしくなりました。筆が動かなかったのです。筆先が、円十郎さんの死に結びついてしまうのではないか。そうなりうることを、知ってしまったからです」

「運びの内容も、すべて〈幽世〉に知らせていたのですか?」

「可能なかぎり。ですが昨年の夏ごろ、円十郎さんが受ける依頼を優先するようにと伝えられました」

きっと〈松〉の依頼を受けるようになってからだろう。〈あけぼの〉そのものに幕府を揺るがす芽はなくても、〈運び屋〉に依頼する側にはそれがある。依頼主までは探れないとしても、運ぶ日と場所が分かれば奪うことができるのだ。

「先日の、赤羽橋の運びについては?」

「円十郎さんが〈あけぼの〉を出たあと、夕方になってから、日出助さんの帳面を盗み見ました。日暮れに文を届けましたが、運び先については明らかなことは書いていなかったと記しました。知ったことを知らないと言えば、処分されてしまいます。疑われないよう、時だけは正確に伝えてしまいました」

　お葉が言葉を続ける。

「何か重要なものが運ばれる日時が分かれば、〈幽世〉は必ず動きます。このままでは円十郎さんがまた危ういことになると思い、わたしは、文を置いたその足で、半兵衛さんを訪ねて赤羽橋の運びのことを話してしまいました。病であることを知っていながら、他に頼れる方がいなかったのです」

　再びうなだれるお葉の頭を見ながら、円十郎は金杉橋に父が現れた理由を理解した。

「黒猫を撫でながら、なにかあれば助けると、半兵衛さんは仰っていました。そして身支度をすると長屋を出られました。もう暗いから泊まっていけと、わたしを残して」

　そして半兵衛は、円十郎と才蔵が追い詰められたと見て割って入り、蝮と闘い、敗れた。

「明け方に長屋を出て〈あけぼの〉に戻ると、お医者と話す日出助さんが見え、何があったのかわかりました。わたしが巻き込んだから、半兵衛さんが亡くなられたのです」

　申し訳ございません。お葉はそう言って深々と腰を曲げた。

　お葉に対してなにも恨みに思うところはなかった。お葉は己に課せられた仕事をしてきただけだ。半兵衛に助けを求めたことは仕事とは異なるが、それも円十郎のことを思ってした行動だ。

「〈あけぼの〉に居られないと考えることは分かりますが、なぜこの寺に？　ここは〈幽世〉と繋がりがあるのですか？」

円十郎はお葉の境遇に憐れみを感じながらも、それを強く抑え込んだ。己の心が冷たくなっていることを自覚しているが、聞くべきことはまだある。内容次第では、お葉を利用する。

「〈幽世〉の拠点のある場所は知らされていないのです。仮に知っていたとしても、行けません。わたしがいなくてはならない場所は〈あけぼの〉です。指示もなく離れては、処分されます」

「先程も、処分と言っていましたが……」

「思うままに動かない絡繰人形は不要です。捨てられて、おしまいです」

お葉は悲しげに笑った。きっと、そうなった者たちの話も聞かされて育っているのだろう。

「ここにいても、同じなのでは。お葉さんは、何かを待っているということですか」

この寺はお葉の持ち場ではない。〈幽世〉に露見すれば処分されるというのに、何もせずにここにいるとは思えなかった。

「先日、いつものように文を置いてきました。〈あけぼの〉の皆様が何をしているのかを探るには、ここは近すぎず、遠すぎず、ちょうど良い場所です。ただ、もう内部の詳しいことを伝えるのは難しいので、次は〈幽世〉に疑われ、露見し、処分されるでしょう」

まるで他人事のように言う。お葉の顔には恐怖の色はなく、その身に起こることを受け入れているように見えた。

お葉の心は〈幽世〉を離れ、しかし〈あけぼの〉に身を寄せることもできないということが、はっきりと分かった。行く当てを失い、ただ朽ちるのを待つだけの人形のようになっている。

それならば、と円十郎は覚悟を決めた。お葉にはまだ〈幽世〉との繫がりが残っている。

「先程、話を聞き終えたら斬ってほしいと言いました」

「はい。円十郎さんに罰を与えていただきたいのです。お父様を失うことになったあなたには、わたしを斬る理由があります」

淡々とそう告げると、お葉は天を仰いで目を閉じた。首根を斬ってほしいと言わんばかりの格好を前にして、円十郎の胸が軋む。もう周りの人が死ぬなど御免だ。命のぬくもりのない冷たい手など、もう触れたくない。

だが、敢えて、円十郎は冷たく言った。

「あなたが為したことを罪と思うのであれば、他の方法で償っていただきたい」

「他の？」

思いがけない言葉を聞いたからか、お葉は目を丸くしてこちらを見た。

「今の俺には、為すべきことと、為したいことがある。その助力をしてもらいたい」

　お葉はしばらく円十郎の瞳を見返していたが、やがて小さく頷いた。

「かしこまりました。お渡しした命です。どうぞご随意に」

　円十郎の胴が震えた。お葉を利用するという覚悟に、遅れて怯えが到来した。だがこれは為すべきことであり、為さねばならぬことだ。二の足を踏むわけにはいかない。

　体の奥が震えている。わずかだが、それは表に現れた。小さく肩を震わせた円十郎を見て、お葉は空を見上げた。

「もう三月だというのに、寒い夜ですね」

　円十郎はお葉につられて天を仰いだ。すると空から白い綿がひとつ、舞い降りた。それは地に落ちてすぐに溶けて消えたが、次々と落ちてくる綿は重なり合うことで、その姿を残していくだろう。

「雪……」

　まだちらつく程度だが、夜が深まるにつれて本降りになるかもしれない。明日は桃の節句だというのに、季節外れの雪だ。だが雛祭りの天気など円十郎には何も関係ない。

「お葉さん、まずは確認したいことがあります」

　お葉はゆっくりと頷きを返した。

五

目を覚ました円十郎は戸の爪とぎ音がいつもより弱々しい気がして、跳ね起きた。土間に降りると、足先から頭の天辺まで震えた。寒い。もう日が昇っているはずだが、外はぼんやりと暗い。

戸を開けると、間髪入れずにヒメが飛び込んできた。円十郎を素通りし、先程まで寝ていた布団の上で丸くなる。ヒメは夜のように黒い体に白い牡丹雪を載せている。

「寒がっていただけか」

喧嘩でもして傷つき弱っているのかと心配して見ていた円十郎に対して、ヒメはシャーと鳴き、前足を殴るように振るった。その動きは寒いから戸を閉めろと訴えているように見えた。

お、と思わず声を上げた。外は真っ白だ。牡丹雪が地に隙間なく降り積もっている。円十郎は戸を閉めて布団に戻った。ヒメの背中に載っている雪を払い除けてやると、ふん、と鼻を鳴らされた。

「湯でも沸かすか」

食に頓着しない円十郎だが、さすがにいつもより温かいものが食べたいと思った。焼き魚を軽く炙《あぶ》って温め、それを食べるヒメを眺めながら、湯漬けをふうふうすすった。

普段よりのんびり過ごしているうちに日が高く上り、雪が止んだ。ヒメは布団から動かないつもりらしいが、お葉に会う予定がある円十郎は下駄を履いて外に出た。

長屋からもっとも近い御徒町の通りに出ると、足元が悪いにも拘らず人が多かった。そこかしこで集まり、誰かの話を熱心に聴いている。季節外れの雪に盛り上がっている、という様子ではない。

何事か起きたのだろうか。ひとつの集まりに歩み寄って耳をそばだてる。円十郎はその話に驚愕した。

牡丹雪が降る中、江戸城桜田門の外において、大老の井伊直弼が水戸者に襲撃されたのだという。

見てきた者によると、落ちた腕や指だけでなく、血を吸った雪まで彦根藩士が持ち帰っていたという。凄惨な争いが江戸城の門前で起きたのだ。しかも襲われたのは天下の大老である。徳川の世を大きく揺るがす事件だった。

誰とも知らない者の語る内容では、それ以上のことが分からない。円十郎は〈くくり屋〉に足を向けた。理緒ならば詳しいことを知っているに違いない。

雪を蹴散らしながら、円十郎の頭は様々なことを考えた。

——真介さんは加わっていたのだろうか。

水戸脱藩浪士の青木真介は、水戸の同志が何か計画していると言っていた。その助力をするために、捕まる危険を冒してまで江戸に戻ってきているのだから、今回の事件に加担している可能性がある。

往来のあちらこちらで、桜田門外のことが語られている。中には襲撃した水戸者のほとんどが死んだという話もあった。

たどり着いた〈くくり屋〉は、店を開けていなかった。雪のために休業しているように見えるが、その実、桜田門外の事件のことで飛び交う情報を精査しているのだろう。

声を掛ける前に、〈くくり屋〉から理緒が出てきた。口を真一文字に引き結び、まっすぐにこちらを見ている。店の中から円十郎の姿が見えたのかもしれない。

「真介さんは」

挨拶もせず、円十郎は言った。理緒は首を左右に振る。

「いない。襲撃した水戸と薩摩の浪士の中に、青木さまはいなかった」

それを聞いて、円十郎の膝の力が抜けた。素直に安堵した。真介は参加できなかったことを悔い、恥じているかもしれないが、円十郎からすれば、真介が命を落としていないことが何よりだった。

「本当に良かったわ」

理緒も同じ気持ちなのだろう。強張った表情を少し緩めて嘆息した。

「大老一人を討ったところで、なにが変わるっていうのかしら」

「同感だ。大老を討つ理由は知らないが、世の中は何も変わらず、大老の名前が変わるだけだろう。真介さんはどうしている？」

「以前の宿を変えたけど、どこにいるかは分かっているの」

何でもないように言い、宿の名前も教えてくれる。相変わらず怖いな、と思わずにはいられない。

「今はあちこち歩いて、事件の詳細を知ろうとしているでしょうね」

「本当に大老は討たれたのか？　道々で聞いたところでは、傷を負って屋敷に戻ったというが」

おそまつな嘘ね、と理緒は苦笑した。

「駕籠から引きずり出されて首を獲られたのよ。それを『傷を負う』と言い表すのは、だいぶ無理があるわね」

「……まるで見てきたようだ」

「〈風〉が、ね。朝から外で起きたことなら、大体のことは誰かが見て聞いている」

そう言って、理緒は読売りのように語った。

「彦根の行列に直訴ありと遮る者あり。その者が白刃を振るうと、一発の銃声轟く。四方より迫りしは――」

「銃声だと」

円十郎は思わず理緒の肩を摑んだ。理緒は驚きに目を丸くした。

「え、なに?」

「銃が使われたのか。それに先程、水戸と薩摩と言ったか」

真介の安否だけが気になっていた円十郎は一度それを聞き流していたが、薩摩と銃という言葉が重なると、激しく胸を打たれた気分になった。

「襲撃した者の中に、薩摩なまりの声があったって。それと銃が撃たれたのは事実よ」

「……すまない」

円十郎は理緒の肩から手を離した。

赤羽橋の運びで背に負った荷物からは金物が擦れる音がした。割れ物であれば運び方も変わるから気に掛けたが、金物と分かったので、それ以上、中身のことは考えなかった。

その後出会したのは〈引取屋〉の兵庫。兵庫が神奈川宿まで引き取りに行っていた荷物を、円十郎が引き継いだ形だった。そして荷を奪いに現れたのは大勢の〈幽世〉と蝮。運び先は赤羽橋付近の稲荷社だった。

円十郎はあの時、赤羽橋近くにあるのは薩摩の屋敷であり、水戸の屋敷はないことから、水戸の人間と争うことにはならないだろうと安堵した。だが今朝の桜田門外の事件には、薩摩の者も加わっていたという。水戸と薩摩の、真介が言うところの同志が繋がっていたということだ。

水戸と薩摩の同志が井伊直弼を襲撃する際に銃を使った。金物の音がする荷物。兵庫が引き取りに行った神奈川宿に近い横浜は、外国に港を開いている場所だ。銃を手に入れる手段はいくらでもあるだろう。

「――まさか」

何事かと戸惑う目を向けていた理緒だが、同じところに思い至ったのか、不意に手で口を覆った。

「うちと円十郎さんが運んだ荷物の中身は……」

円十郎は頷きだけを返した。胸のざわめきが収まらない。円十郎が運んだ荷物。奪おうと現れた蝮。劣勢な己を助けるために闘い、死んだ半兵衛。

井伊直弼を討つ。

それにどれほどの意味があるのか、円十郎には分からない。

水戸の志士からすれば、主であった徳川斉昭に厳しい処分を下したことや、この国を導く者として井伊直弼が居ることを肯んじられないなど、単純ではない理由があったことだろう。

だが、円十郎からすれば、

――そんなことのために。

そう思わずにはいられない。

どのような大義名分があろうとも、ひと一人を殺しただけ。殺すための道具。

——そんな物のために、父上は死んだのか。

〈運び屋〉は荷物を問わない。中身が何であろうとも、託された荷物を運ぶために命を賭ける。円十郎も半兵衛も、その覚悟は持っている。これからも〈運び屋〉としての心構えに変わりはない。

だが、しかし、どうしても、その思いが拭えなかった。

吐き出す先のない胸の中の黒い塊を、円十郎はただ呑み込んだ。

「邪魔をした」

円十郎はそう言って、理緒に背を向けた。理緒の声が背中にぶつかる。

「ねえ、無茶しないでね」

肩越しに見ると、理緒の大きな目が潤んでいる。お葉と計画していることは何も話していないが、察するところがあるのだろう。

桜田門外の事件のことは、円十郎が為したいことに影響しない。むしろ、追い風だ。真介が無事であることも、これ以上ない朗報だった。

「心配無用」

円十郎はそれだけ言って、足を早めた。

六

袂の短い小袖に野袴という服装の円十郎は一基の墓石を前に手を合わせた。何か語るでも祈るでもなく、ただ目を瞑《つむ》り、呼吸を整える。

「それが……」

横から声がした。想定していたとおりだが、円十郎の胸が緊張に跳ねる。

「真介さん」

平静な声で応じる。立ち上がり、墓の前を譲った。手甲脚絆の旅姿をしている青木真介が、斜陽を背に負っていた。真介は長身を屈めて、夕陽を浴びて鴇《とき》羽《ば》色《いろ》に染まる半兵衛の墓に手を合わせた。

「まさか、寄ってくれるとは」

「おまえの師ということは、俺の師でもある」

一瞬なんのことか分からなかったが、昔、円十郎が真介に躰術を教えていたことを思い出して合点がいった。そのようなこともあったなと思ったが、遠い過去の日を振り返る余裕はない。

——まさか、などと。

円十郎は己の言葉の白々しさを内心恥じる。真介がここに来ることは分かっていた。

「今から江戸を出るのか?」

「〈運び屋〉ほどではないが、暗中の移動も慣れたものだ」

「……昨日のこともある。早く江戸を離れたほうがいい」

桜田門外の襲撃事件によって、江戸にいる水戸浪士は危険だと思われている。仮に事件に関わっていなくとも、水戸浪士というだけで捕らわれ、尋問を受けるかもしれない。円十郎は昨日理緒と別れたあと、真介に宛てて、そういう文を書いた。

「だが、友人の父君の墓に手を合わせずに去るのは義理に欠ける。この足で東海道を下るつもりだ」

「……痛み入る」

円十郎は俯いた。演じているわけではなく、本当に真介に顔を向けることができなかった。

本所の番場町から近い寺に、半兵衛の墓はある。それを伝えたのは自分だ。真介に幕府の手が伸びるかもしれないと煽り、父がここに眠っていることを書き添え、いつか線香を上げに来てほしいとも書いた。

真介の行動は早いだろう。水戸浪士への取り締まりが厳しくなっていることは嘘ではないから、信じざるを得ない。一刻も早く出立しようと考える。だがこの状況で江戸を離れては再び戻ることは難しく、円十郎の言う「いつか」は二度と訪れないかもしれない。そうとなれば、真介は今日、墓参りに来るはずだ。

――ここまでは狙いどおり。

円十郎は一つ息を吐いた。友人と思っている真介を意のままに動かしておいて素知らぬふりをすることには、心苦しいものがある。

――だが、これからだ。

この程度で気を滅入らせるわけにはいかなかった。

「同志の分まで、いや、それ以上に働かなくてはならぬ。ここで捕まるわけにはいかん」

真介が言った。

「薄々とだが、捕吏の手が伸びてきている気がしていた。おまえの文で決心がついた。知らせてくれたことに礼を言う」

話を耳に通しながら、円十郎は周囲の気配を窺っている。真介はその様子に気がつくこともなく、思いを語る。

「同志たちは、成し遂げた。世の中は変わっていく。その礎になったのだ」

円十郎は咄嗟に出そうになった言葉をどうにか呑み込む。

――変わるのは、遺された者たちだ。

大老が一人死ねば別の者が新たに立つだけだ。幕府内部の政争ならともかく、浪士たちが起こした事件で人が替わるのでは、幕府の考えが転じることはほぼないだろう。

変わらざるを得ないのは、志を成し遂げたという者たちの家族や親しい者たちだ。遺された妻子や深い仲の人々は、今回の事件を手助けしていたのか、また、今後の計画など知っていることがないかを問われる。牢に入れられ、石を抱かされ、水を浴びせられ、死ぬほうがましだと思えるような責め問いをされるだろう。

真介たち志士からすれば桜田門外の襲撃は壮挙である。だが幕府からすれば、類を見ない凶行である。そして遺された者たちは極悪人の身内なのだ。その者たちへの扱いが丁重なものであるはずがない。

——それもまた、世を変えるために必要な礎なのか。

襲撃に使う銃を巡る争いの中で命を落とした半兵衛にも、そう言うのだろうか。

大きなことを為すためならば、小さな犠牲はやむを得ない。人の命を珠とした算盤《そろばん》ならば、そのとおりだろう。だがその珠にはそれぞれの人生がある。大きいも小さいも、重いも軽いもない。それは一つではなく、数珠のように連なっている。喪《うしな》えば繋がる先に悲しみが続く。

——それでも果たさなければならないものが志なのであれば……。

「俺には不要だ」

円十郎の呟きは誰にも聞こえない。真介に言うつもりもない。これについては分かり合えることはないだろう。

そっと、円十郎は腰の正宗を左手で握った。

「やはり、貴様か」

その錆びついた声がする前から、円十郎はその男を視界に入れていた。蝮。半兵衛を倒した、円十郎が超えるべき男が、そこにいた。

「待っていた」

円十郎は静かに応じながら前に出た。訝る真介を背中に庇う。

うまくことが運んだ、と円十郎は内心で拳を握った。真介を囮《おとり》に、〈幽世〉を、蝮をおびき出す。円十郎が真介に文を出したのは、すべてこの状況を作るためだった。

「なるほど、貴様が人に文を送るなど常ならぬことだとは思ったが」

円十郎は、お葉が〈あけぼの〉の情報を〈幽世〉に伝えていることを利用した。お葉は今まで運びの依頼の情報を流すことが主で、円十郎の普段の行動はほとんど伝えていなかったというが、円十郎に水戸浪士の友人がいることは、先日、真介の居場所を探った際に報告されていた。

そのような交友関係はもちろん、真介もまた大事に関わっていないため特に価値のない情報だったが、桜田門外の事件のあとでは異なる。

赤羽橋にいた〈幽世〉の目的が、水戸と薩摩の浪士に銃が渡らぬようにすることだったというのは今や想像に難くない。奪取に失敗し、襲撃も防ぐことができなかった〈幽世〉は、事件に関わる者を捕まえるべく奔走《ほんそう》していることだろう。その状況であれば、円十郎が水戸浪士の真介に連絡したことは捨て置けない。

円十郎は何も後ろ暗いところがない普通の飛脚屋に、昨日理緒から聞いた宿に文を届けさせた。一方で、真介が宿を変えていることと、円十郎がそこに文を送った事実、そして真介が半兵衛の墓がある寺に来るかもしれないということを、お葉から〈幽世〉に報告させた。まだ持ち場を離れたことが露見していない今であれば、疑われることはない。

真介が桜田門外の事件には関わりがなくとも、他の計画や重要人物の居場所を知っているかもしれないと〈幽世〉は考える。だが真介の宿は変わっていて、把握できていない。それならば、寺で待ち伏せをすれば良い。そういう思考になると、円十郎は読んだ。お葉も肯定していて、そのとおりになった。

「俺を討つためにしたことか」

蝮は円十郎の企てを見抜いた様子である。忍び装束に覆面をしていて表情は見えないが、両眼が愉しそうに嗤っている。

「父親の仇討ちか。それほど仲の良い親子ではないと思っていたが、泣かせる」

「何とでも言え」

円十郎に仇討ちという気持ちはないが、結果的にはそうなるだろう。言い方はどうでも

良かった。正宗の鯉口を切ろうと鍔に指を掛けた瞬間、

「まあ、待て」

と蝮が言った。同時に忍び装束の者たちが姿を現した。円十郎と真介の背後に二人。蝮の左右に二人。近いが、間には障害となる墓石がいくつかある。この程度の数、どうということはない。円十郎がそう思ったことを見透かしたように蝮が続ける。

「貴様にとって物の数ではないことは承知だ。ここは墓場。無用な殺生は遠慮するべきではないか」

「手出しはさせないということなら話が早い」

蝮が肩をすくめる。

「貴様の相手はいずれしてやる。その水戸浪士を寄越せ。今日はそれで終いだ」

真介を指差す。真介は事態を吞み込めていないだろうが、蝮を敵と認識した。

「人を物のように言う。俺は捕まらんぞ」

真介は刀の鯉口を切り、背後に現れた〈幽世〉を警戒して半身になった。真介は北辰一刀流の手練だ。暗闇であれば別だが、まだ夕焼けに照らされている今であれば、そうそう後れは取らないだろう。背後の二人を任せ、円十郎は蝮の左右の二人を即座に倒し、一対一に持ち込める。

そう算段したところで、蝮が嘆息した。

「血の気の多い輩だ。おい」

指先で左の忍びに命令する。忍びは屈み、何かを引き上げた。円十郎は目を見開いた。

「お葉さん……」

「左様。このあと処分する、我々の絡繰人形だ」

立たされたお葉は猿轡も縄もされていない。付いて来いと言われ、ただ俯いてぼんやりと従っている子供のように見えた。

「手荒なことはなにもしていない。必要もない。我々に従うように作ってある。今回も間違ったことはしていないが、少々の過ちはあったようだ」

お葉は嘘の報告はしていない。円十郎が文を出したこと。真介がここに来るだろうこと。そこに誤りはない。〈あけぼの〉を無断で離れたことを、過ちと言っているのだろう。

「持ち場を離れた。些細なことと思うかもしれないが、我々にしてみれば、飼い犬に手を嚙まれたと同義。主に従わないのであれば処分する」

忍びが小刀を抜き、剣先をお葉の左胸に突きつける。後ろの真介が息を吞む音が聞こえた。怒気が膨れ上がる気配もする。

「取引をしよう」

蝮は覆面の向こうで嗤っている。円十郎はただ蝮を見据える。

「青木真介を寄越せば、葉はくれてやる。もう我々のものではないと証文を書いてもいい」

お葉が蝮を驚きの目で見た。

「我々には葉の命など、言葉どおり掃いて捨てる枯れ葉に等しい。こんなもの、譲ってやっても何の痛痒もない。だが貴様にとっては違うだろう。青木真介など、葉の命に比べれば惜しくなかろう」

円十郎は徹底してお葉を物扱いする蝮を激しく嫌悪したが、このままでは殺されるしかないお葉が助かるのであれば、悪くない取引かもしれない、と心が揺らいだ。

「簡単なことだ。貴様は墓石を拝んでいろ。その間に青木真介はもらっていく。あとには貴様と葉が残っている。それだけの話だ」

「俺が黙って縛られると思うな!」

真介が怒声を張ったが、蝮たちは動じない。他の忍びであればともかく、蝮が相手では、真介は手も無く打ち倒されてしまうだろう。

いまを逃せば、蝮と対峙する時は来ない。父を超える機会を逸することになる。だがそれは、お葉の命ほど大事なことなのか。ここで取引に応じれば、お葉は〈幽世〉から切り離される。いつか殺されるかもしれないという恐怖を感じずに過ごすことができる。

当然、蝮が取引を反故にすることもあり得る。だが〈幽世〉の居場所も何も知らないお葉なのだから、接触を断てば無害である。嫌な言い方だが、まさしく枯れ葉だ。後日、わざわざ殺しに来るほどの価値はない。

蝮を信用することはあり得ないが、取引の内容は信じられるものだ。だが真介の身柄を渡すことになる。

囮にはしたが、これ以上巻き込むつもりはなかった。実は近くの竹町の渡に才蔵を待たせている。事情は伏せつつも、客人を一人、舟で運んでほしいと頼んであった。闘争の中で脱出させる予定だったのである。無論、お葉の命とどちらが重いかなど、比べられるものではない。

「おい」

真介が円十郎に小さく声をかける。目だけを動かして真介を見ると、真介は憐れみの目でお葉を見ていた。

「あの女、おまえのなんなのだ」

「……」

お葉は〈あけぼの〉の女中で、基本的には客に冷たい。円十郎にも同様だが、折に触れての言葉や気遣いはあたたかいものだ。円十郎と半兵衛の親子を気に掛け、病床の父の世話もしてくれた。内心を人に語ることのない円十郎だが、お葉には、少し吐露することができた。そういう人を何というのだろう。

「……大事なひとだ」

小声で返す。場違いな会話をしている気がするが、真介は大真面目な顔で頷いた。

「よし、わかった」

抜きかけた刀を納め、真介は円十郎の前に出て、螟に向かって言った。

「取引に応じよう。暴れないと誓ってやるから、その女を置いて行く約束を守れ」

「真介さん、なにを！」

円十郎は思わず声を上げた。志のために捕まるわけにはいかないのではなかったのか。

真介は歩みを進める。両肩を摑んで引き留めようとしたが力が強く、引きずられた。

「俺の志は、大きく言えばこの国を想うものだ。だが小さく見れば、おまえやあの女、そして理緒だ。一人ひとりの幸せを守ることが、国を守ることに繋がっている」

円十郎は真介の大きな背中を見た。

「目の前にある一人の女の危難より己の身を案じたとなれば、同志に——いや、己に顔向けできん。だから、邪魔をするな」

円十郎は雷に打たれたように、真介から手を離した。大のために小を捨てる。国のためならば遺される人のことなど顧みない。それが志士というものではなかったのか。真介の志を、円十郎は誤って捉えていたのか。

その背を、円十郎は呆然と見送った。

七

真介は蝮まであと十歩というところで足を止めた。円十郎と真介の間は五歩。

「女を、俺とおまえの間に一人で立たせろ」

真介の要求に、蝮は冷笑を返す。

「従うのは貴様だ。そのまま俺の前まで来て跪け」

「俺を捕らえ、娘も離さぬということになりかねん」

「……疑い深い奴だ」

蝮は呆れたように言い、お葉に刃を向けている忍びに指図した。お葉が一人で歩き、蝮の隣に立った。円十郎はいつ毒牙がお葉に突き立つのかと落ち着かない気持ちだったが、何事もなくお葉は歩を進めた。真介も歩調を合わせて歩き出す。

——二人がすれ違う時に。

真介は刀を手放していない。真介とお葉が合流したところで円十郎が蝮を抑えれば、協力してここを切り抜けられるのではないか。そうすれば真介もお葉も逃がすことができる。だがそれだと取引がなしになり、お葉がいつまでも〈幽世〉の影に怯えなくてはならない。

逡巡している間に、二人が円十郎の十歩先で並んだ。このまますれ違い、取引が成立してしまうのか。真介を助けるすべはないのか。

「葉」

蝮が言い、縄の束を投げた。

「青木真介の両手を後ろで縛るのだ」

「はい」

お葉は悩む素振りもなく返事をし、迷うことなく真介を後ろ手に縛った。〈幽世〉の言葉に体が勝手に動くのだろう。簡単には抜けない巧みな縛り方だ。刃物で切断するのも容易ではない。

じりじりと〈幽世〉の忍びたちが、円十郎との間合いを詰めてきていた。

真介は蝮を見据えたまま、毅然と言った。

「これで成立だ。お葉殿と円十郎には手を出すな」

「葉」

しかし蝮は、氷のごとく冷たい声で言い放つ。

「青木真介を俺の前に連れて来い」

お葉が蝮のところに戻ることになる。そうなれば、再び〈幽世〉に捕らわれるのではないか。円十郎と同じことをお葉も思ったのだろう。

「それは……」

即応せず、言い淀む。

「戻れと言っている。江戸ではないどこかで、まだ使い道がある」

円十郎は悪態を吐いた。取引などという甘い言葉を信じた己が腹立たしい。このままではお葉も真介も蝮の手に落ちる。蝮までは十五歩の間合い。一息で詰められる。二人の間に割り込み、蝮を討つ。二人を守りながら他の〈幽世〉も倒すのは容易ではないが、やらねばならない。

踏み出すと同時に、円十郎は思わぬ姿を見た。

お葉が真介の脇差を抜き取り、白刃を掲げて蝮に詰め寄っていた。

構えは様になっているが、相手は蝮だ。多少の心得があったところでどうなるものでもない。刀を弾かれ、首を斬られる。その光景が目に浮かんだ。腹に据えかねたのか。もう逃れられないと自暴自棄になったのか。人の足枷になることを拒んだのか。理由などどうでもいい。お葉が死ぬ。円十郎は呼吸を乱したまま、追い縋った。

蝮が嘆息し、蚊を払うように無造作に腕を振るった。金属が衝突する音が響く。お葉の手から脇差が飛んだ。斜陽に染まる赤い刃は、お葉の血潮に見えた。

蝮は短刀を振り上げている。返す刀で首根を裂く。そう見えた瞬間、空気を穿つ鋭い音が二つ、円十郎の耳朶を震わせた。

左右から聞こえたそれは、矢の音だ。矢は蝮の側頭部と腰部を貫こうとしている。蝮は目で見ることもなく、飛び退いた。見ていては間に合わなかっただろう。歴戦によって培われた直感が、蝮を突き動かしたのだ。

矢は墓石に当たったが、円十郎がお葉と蝮の間に入る時間を作るには十分だ。へたり込んだお葉を庇《かば》いながら、大きく間合いを開けた蝮を睨む。

――しかし、誰が。

円十郎は蝮のはるか後方にある塀の上に立つ人影を認めた。忍び装束で顔は見えないが、小柄な女性だ。目が合う。漆黒の瞳。

――理緒か！

瞬きを返した理緒は、手で合図を出した。するとまた矢が放たれる音がして、〈幽世〉の忍びが散った。不意打ちに戸惑ったのも束の間で、〈幽世〉は理緒の、恐らく〈引取屋〉の手練たちと白刃を激突させ始めた。人数は同じらしい。

「何者か知らんが、邪魔が入ったか」

蝮が呟く。〈幽世〉の増援はない、と円十郎は感じた。もっと多くの忍びを動員できるのであれば、真介を捕らえるためにお葉を使った取引を持ちかける必要などなかったはずだ。〈幽世〉には余裕がない。昨日の事件の後始末や、次の襲撃に備えることに人手を使い切っている。

そう思い至ると、円十郎は平常心を取り戻すことができた。想定していた流れとはまるで違うが、結果は同じだ。

蝮と一対一で、対峙できる。

「柳雪流、柳瀬円十郎」

父が遺した技を受け継ぎ、超えていくために、名乗る。

「くだらぬ」

幕府隠密〈幽世〉の蝮のような男は、そう吐き捨てる。

刃渡り一尺ほどの小刀が、燃えるような赤い夕陽を弾きながら間合いを斬り裂いた。まさに鎌首を持ち上げ、素早く獲物に食らいつく蛇だ。円十郎は後ろに跳んで躱したが、首の皮を一枚斬られている。

地に降り立つ。すでに蝮は円十郎の懐に入っている。前蹴りが迫る。腕で受け、摑もうとしたが引きが速い。引き戻した右足が、今度は左側頭部を狙ってくる。屈んで躱し、軸足を払おうとするが、宙を蹴った蝮の右の踵が落ちてきた。

円十郎は低い姿勢のまま旋回し、間合いを取った。背中が墓石にぶつかり、息が詰まる。蝮はその隙を見逃さず、小刀を腰に構えて突っ込んできた。円十郎は跳び上がり、墓石の上に立つと跳躍した。宙で身を翻し、蝮の背後を取る。

正宗の鯉口を切り、抜き打ちを背中に浴びせようとしたが、喉目掛けて飛来した棒手裏剣を躱すために横に転がった。蝮は振り返らずに正確かつ強く投擲した。恐るべき技だ。

円十郎は思わず喉に手を触れた。最初に皮一枚斬られているだけで、穿たれていない。

一息つく間などない。再び棒手裏剣が迫っていた。地を転がり、跳ね起きる。すぐに蹴りが胴に来た。肘を激突させ、止めると同時に蝮の右足を損ねる。鋭い舌打ち。蝮が左足だけで下がる。好機と見た円十郎は右手で正宗の柄を握り、前に出る。

逸った。即座に悔いた。蝮が嗤う。踏み出した右足に小刀が、胸元に苦無が迫っている。下がりながら放たれた二本の牙。体重が前に掛かっている体勢では避けられない。命を奪うのはどちらだ。円十郎は抜刀した。胸を貫こうとしている苦無を払うことに集中する。

抜き打つ。苦無を弾く。同時に右の大腿部に冷たい物が入ってくる。熱い。血が噴き出した。踏み込む力が込められていたからか、小刀は腿の中ほどで止まった。痛みと衝撃で体が傾ぐ。左の手と膝を地に付いて横転を防ぐ。右手の正宗を己の正中線に引き戻すが、その時すでに蝮が別の小刀を振りかざしている。円十郎は地を押し、立ち上がった。

「遅い」

円十郎の右首に狙いを定めた蝮の刃が稲妻のように閃く。確かに遅い。だがそれは正宗の刃で受ける場合だ。右手で握ってなお余る柄。そこで受けるには的確な間。掲げる。柄に牙が食いつく。重い。逆らわず、体の右側に受け流す。正宗の刃が、自然と前に伸びる。

――雪垂。

積もった雪が落ち、反動で跳ねる枝のごとく、円十郎の体と刀が前に出た。首に刃が触れた。斬れるか。円十郎は左手で刀の峰を押し込み、さらに倒れ込んだ。呻き声。それは勢いよく迸る血の音で掻き消された。顔に、首に、胸に、熱くて鉄錆くさい液体が打ち付けられる。

重なり合うように倒れていた。円十郎の体の下で、蝮が目を見開き、何事か言おうと口を動かした。正宗の刃が深く入り込んだ喉からは、声が出ない。円十郎と蝮の双眼が互いを凝視する。ふっと、蠟燭の火が吹き消されるように、蝮の目が光を失った。

八

口に入った血を吐き出しながら、円十郎は蝮の上から退いた。右足が痛む。小刀が突き立っている。

「円十郎さん」

お葉が駆け寄ってきた。すぐ後から、縄を外した真介がやって来る。

「血止めをせねば」

真介がお葉に声をかけ、晒を託す。合図も何もなく、小刀が引き抜かれた。歯を食いしばって痛みを堪えた。お葉が手際よく晒を巻き、止血を行う。

——斬った。

円十郎は顔を横に向けて、骸になった蝮を見る。父を倒した相手は死に、己は生き残った。もっと胸に迫るものがあるかと思っていたが、何もなかった。

――人を殺した。

初めて命を奪った。勝ったという昂揚感も、仇を討ったという達成感もない。だからと言って、一人の人生を終わらせたという恐怖や罪悪感もない。ただ殺したという事実だけが胸にあり、気分が良いものではないのは確かだ。

円十郎は真介の手を借りて立ち上がる。〈幽世〉の忍びたちが塀を越えて散って行く姿が見えた。〈引取屋〉と思われる者たちは〈幽世〉を追わず、理緒の下に集まった。理緒が何事か指示をすると、それぞれ去って行った。

後には円十郎とお葉、真介と理緒だけが残っている。三人に見られた塀の上の理緒は、黙って親指で竹町の渡の方向を指し示し、塀の向こう側に消えた。

「行こう」

お葉と真介が肩を貸そうとしてくるが、断った。返り血で汚してしまう。お葉が手拭いをくれた。もう日が沈み、わずかな月明かりしかないとは言え、顔中血まみれのまま市街を歩くわけにはいかない。丹念に拭き取った。

「あの死体は……」

真介が案じ顔で言うと、お葉が答えた。

「わたしたちが去れば、あの者たち、〈幽世〉が回収するはずです」

「竹町に舟がある。真介さんはそれに乗って、江戸を離れてくれ」

「最初から用意していたのか？」

円十郎は頷きを返す。寺を出て細い路地を一列になって歩きながら、円十郎は後ろの真介を振り向かずに呟いた。

「危ない目に合わせて、済まない」

しばらく無言だったが、舟が見えたところで真介が口を開いた。

「とんだ墓参りになった。次はもっとゆっくり手を合わせたいものだ」

怒りを叩きつけられると思っていた円十郎は、予想と違う言葉に足を止めた。振り返ると、真介が背中を軽く押してきた。

「墓の場所を知らされ、今日寄ったのは俺の勝手だ。他の者どもが来ているとは思わなかったが」

「怒らないのか」

「おまえに呼ばれたわけではなく、俺が自ら決めて訪れた結果だ。追われる身でありながら墓参りに来た俺が悪い」

来るように仕向け、かつ〈幽世〉に情報を与えたのは円十郎だ。確かに真介に今日来いと命じたわけではないが、来ると分かっていたのなら同じことだ。計画した時から生まれ、為したいことのためならば仕方ないと押し潰して来た罪悪感が、大きく膨らんでいる。

「怒りを向けられるほうが楽になるだろうが、吐き出す怒りがないのだから無理を言うな」

背中を叩かれる。

「気が晴れないならば、以前、鎌倉の円覚寺で助けた時の貸しを返してもらったと思ってくれ」

江戸を出た真介を追う〈引取屋〉の兵庫との一件だ。襲われた真介を助けた形だが、実は円十郎が跡を付けられていて、兵庫たちを導いたのだ。

「あれはそもそも……」

「なんだ、さっぱりしない男だ。ではあの舟で良い。あれに乗せてもらえるならばそれで十分だ」

少し声を荒立てた真介が指差した先で、才蔵が手招いている。これ以上うだうだ言っても仕方ないと円十郎は頭を振った。

「あれで行けるところまで行ってくれ」

「少し疲れていたところだ。助かる」

「あれ、お葉さん」

才蔵が円十郎、真介、そしてお葉を見て驚きの声を上げる。お葉は申し訳なさそうに腰を折り曲げた。

「ご迷惑をおかけしました」

「迷惑っていうか、心配したぜ。もう家出はお終いかい？」

カラカラ笑う才蔵に微笑を浮かべたお葉だが、ちらりと円十郎を見る目には困惑の色があった。お葉は〈幽世〉から離れることができたわけではない。蝮が死んだというだけで、〈幽世〉は存続する。裏切ったお葉を処分しに来る可能性はある。

「それについては、日出助さんと相談します」

円十郎が答えた。そっか、と才蔵はこだわらなかった。お葉のこともだが、自身のことも考える必要があった。これまで蝮を討った後のことなど少しも考えていなかったことに気がつく。

――まずは真介さんのことだ。

円十郎は自分のことを横に置いて、才蔵に真介を託した。猪牙舟に乗り込んだ真介が、河岸の上の円十郎を見上げる。

「ところで、あの塀の上にいた忍びは何者だ」

円十郎はあれが理緒だと確信している。教えても良いものだろうか。先日、理緒は真介の会いたいという思いを断り、代わりに団子を送った。もう顔を合わせることはしないと決心しているのだろう。

「同業者だよ」

円十郎はそれだけ答えた。先日、真介には〈運び屋〉と〈引取屋〉のことを、そして理緒が〈引取屋〉の元締めであることも教えている。名前は出さずとも、それで伝わるだろう。

「……同業者か。世話になったと伝えてくれ」

真介は微笑を浮かべた。あたりを見渡し、それから才蔵に出してくれと告げた。理緒の姿を探したのだろう。だがそこに理緒はいない。

真介の姿が遠ざかり、米粒のように小さくなった頃、不意に隣に人が立った。

「言わないでくれて、ありがと」

「見送ればよかったではないか」

「いま、見送っているわ」

覆面を外した理緒は、真介が消えて行った川の先を見詰めている。

「……元気でね」

囁く声は川風に吹かれて消えた。しばらくしてから、円十郎は理緒に聞いた。

「なぜここに？」

「無茶しないでって言ったのに、あの人を囮に使うなんて」

口をへの字に曲げて肩を怒らせる。

「こんなことになるなら、青木さまが移った宿の名前を教えなければ良かった」

申し訳ないと謝ると、理緒が肩を小突いた。

「本当に気にしていなかったのかもしれないけど、あの人が許したのなら、わたしはこれ以上文句は言わない」

「真介さんを守ろうとしていたのか？」

「様子を見ていたら、青木さまが旅装束で宿を出たから、跡を付けたの。江戸を出るには変な動きだなと思って。念のため手練に短弓を持たせて集めておいて良かったわ」

理緒は素直に真介を見守っていたと言わないが、そういうことなのだろう。せめて江戸にいる間だけは捕らわれたりしないように、と。

「ありがとう、助かった」

「貸し一つね」

理緒は嬉しそうに言うと、後ろで控えていたお葉に近寄った。お葉は少し警戒したのか後退る。

「これから大変でしょうけど、がんばってね」

「……はい」

「円十郎さんも、またね」

それだけ言って、理緒は夜闇に姿を消した。忍びのようなこともできるとは知らなかったが、〈引取屋〉の元締めなら、いや、理緒ならば不思議ではないと思えた。

「戻りましょう、〈あけぼの〉に」

円十郎はお葉を促して足を運んだ。たどり着いた船宿〈あけぼの〉は、ひっそりとしていた。どうやら客は入れていないらしい。

戸は開いていた。中に入ったお葉は船宿の空気を深く吸い込んで、ゆっくりと吐き出した。体から緊張が抜けていくのは、円十郎も同じだった。

「おかえり」

手燭《てしょく》を掲げて階段を下りてきた日出助が、優しい声で迎えてくれた。

「まずは着替えと治療だね」

日出助の声に応じて現れたのは土方だった。手に薬箱を提げている。

「討ったか」

頷くと、土方は破顔した。

「半さんも、きっと安堵しているよ。よく生きて帰ってきたってね」

そう言う日出助の声は、少し湿り、苦しそうだった。

円十郎は土間で頭から水をかけられ、血と汚れを落とした。それから右大腿部の治療を、日出助と土方が丁寧に施した。お葉が身綺麗にして戻って来ると、日出助に促されて〈幽世〉との経緯をすべて話した。

「……さて、これからのことだ」

お葉から話を聞き終えた日出助が、円十郎とお葉に目を向ける。

「円さんは幕府方の人間を殺した。お葉も〈幽世〉に刃を向けたのだから、ただでは済まないだろう」

蝮を討った後のこと。

討つことだけを思案していた円十郎は、いま初めて、これからどうするべきかを考えている。〈幽世〉を何人か殺した兵庫は江戸を去った。報復が予想されたからだ。

「俺は江戸を離れます。行く当てはありませんが、身一つならばどうにでもなります」

首肯し、日出助はお葉を見た。お葉は自分の膝に視線を落としている。

「わたしは……」

行く当てなどないのは、円十郎と同じだ。いや、円十郎の比ではない。お葉はこれまで〈幽世〉のために働く絡繰人形として過ごして来たのだから。それが〈幽世〉に追われる身になった。自ら〈あけぼの〉を離れたことが発端ではあるが、その事情を利用した円十郎にも責任がある。

「どこかに隠れ住むしかないでしょう。金なら俺が用意します」

依頼で得た報酬はほとんど使っていない。使う当てがないからだが、一財産になっていた。慎ましく生活すれば、一人なら十年は遊んで暮らせる。それを使う間にも金を稼ぎ、〈あけぼの〉を介して送る。それがお葉のためにできることだ。

「このご時世におなごが一人で、知り合いもいないところで暮らすのかい?」

日出助は腕を組んで唸った。命の危険があるのだから、そんなことに構っていられない。日出助が何を悩むのか分からなかった。

「殺されるよりは良いでしょう。お葉さんは色々と能力があるのだから、働き口もあるはずです。生活が落ち着くまでの金は俺が出しますから――」

「いやあ、お金のことではなくて……」

「おまえ、金の心配ばかりだな。貧乏暮らしだったからか?」

土方がからかうように言う。円十郎は少し苛立った。

「金がないと食えませんからね。お葉さんが〈幽世〉と決別することになった責任は俺にも多くあるので、そこは困らせないようにするつもりです」

「金を出せば責任取ったことになるのかね。暮らしはよくても、心許せるひともなく過ごす日々は辛いんじゃねえか」

円十郎は戸惑った。一人でも生きていけそうな土方には似つかわしくない言葉だ。隣で日出助も頷いている。

「一人は寂しいよ。それにもし居場所が知られたときに、守る人がいないと」

「お葉さん、どこかに知り合いは――」

言いかけて口を噤む。いるはずがない。どこにあるかも分からない〈幽世〉の屋敷で育ち、嘘の家族と過去を作られて〈あけぼの〉に入ったのだ。当時一緒に育った子たちと連絡できるとも思えない。

「います」

しかし、お葉がはっきりとした口調で言った。驚いてお葉を見ると、真面目な顔でこちらに手のひらを向けていた。

「ああ、そりゃそうだ」

土方が喉の奥で笑った。日出助がお葉に問う。

「円さんとなら、しばらく一緒にいられるかな」

「円十郎さんがお嫌でなければ、わたしは構いません」

お葉は〈あけぼの〉の女中だった時と変わらない冷静な声で答える。投げやりになっている様子がないだけに、かえって円十郎が狼狽した。

「俺と？」

「しばらくの間だけだよ。江戸を出て旅する間。どこか落ち着く場所を見つけて、生活ができるようになるまでの間。その後はお互い好きにすれば良いよ。その頃にはそれぞれに知り合いもできているだろうしね」

日出助が諭すように言う。土方が重ねた。

「それがいい。一人より二人のほうが怪しまれない。夫婦のふりは、お葉さん、得意だろう」

「ええ、まあ」

お葉が苦笑する。笑っていいところなのか円十郎には判断しかねた。

「ですが……」

女性と――お葉と二人で何日も旅をすることに気後れがした。さらに共に暮らすかもしれないなどと、想像もつかない。

「しかたない……」

日出助はため息を吐いた。二階に上がり、すぐに降りてきた。手には依頼の帳面を持っている。

「京に知り合いがいる。同業者でね。あまり仲が良いわけではないけれど、ここは一つ頼るとしよう」

そう呟きながら帳面を開き、白紙にさらさらと書き付ける。

「〈松〉の依頼。運び先は〈あかつき〉。無理のない日数にて。荷は二人の命」

報酬は、と言って小判の切餅を二つ置いた。

「〈運び屋〉円十郎」

見たことがない真剣な眼差しで、日出助が円十郎を見据えた。

「他の誰にも務まらない。円さんにしか頼めない依頼だ。受けてくれるかい？」

円十郎は日出助の目を見返した。この人は、幼いころからずっと見守ってくれていた。円十郎とお葉のことを心から考えてくれていて、今も踏み切れない円十郎の背中を強く叩いてくれている。

円十郎は、すっと視線を横に滑らした。お葉もまた、こちらを見ていた。

どちらからともなく、頷いた。

「この運び、承ります」

円十郎は言い、頭を下げた。何か背に重石が載ったような気がした。圧し潰されてしまいそうなそれを、円十郎は満身の力で押し上げる。

日出助が笑みを浮かべ、舟を用意しようと言って立ち上がった。土方はいくつかの薬を指し示しながら、お葉に説明する。そして切餅から二枚、小判を抜いた。きっと正当な対価だろう。

物置で旅に必要な道具を選んで支度を整えていると、外から才蔵の驚く声が聞こえた。

「えっ、今度は円さんとお葉さん？」

真介をどこかに降ろして戻ってきたばかりだろう。外に出た円十郎は、才蔵に詫びた。先に舟に乗り込んで待つ。空には細い月が出ていた。仄白い光があたりを照らしている。

「あの、円十郎さん、この子が……」

現れたお葉は、胸に何か黒い物を抱えていた。それは金色の目をした黒猫だった。

「ヒメ……」

「先程〈あけぼの〉に来て、それからずっと離れないのです」

ヒメは円十郎を睨んだ。今の今まで忘れていたことを知って、批難しているようだ。

——猫一匹増えたところで、どうということはない。

円十郎は覚悟を決めて、心を大きく持った。

お葉がヒメを抱えたまま舟に乗ろうと足を伸ばす。揺れた。円十郎は言葉よりも先に動き、お葉の手を取って支えた。座るとヒメはお葉から降りて、舳先に立った。その後姿を二人で眺め、苦笑する。

「さ、行きましょう」

才蔵が声を掛け、櫓を漕いだ。

夜の川は真っ暗で、頼りになるのは細い月の光だけである。先が見えなくとも、舳先は水面を切って進んで行く。

ふと、右手があたたかいことに気がついた。舟に乗る際にお葉を支え、その手を握ったままだった。離そうとして力を緩めると、くっ、と摑まれた。お葉の顔は夜闇に包まれて見えないが、真っ直ぐに前を向いていた。前を見る。遠く小さな星々が煌めいて、空は思っていたよりもずっと明るい。

円十郎は、そのあたたかな手を柔らかく摑み直した。

初出

運び屋円十郎　オール讀物　二〇二一年三・四月号

百両の荷物　オール讀物　二〇二一年十一月号

幽世の蛇　書き下ろし

わかれ路　書き下ろし

手のぬくもり　書き下ろし

三本雅彦（みもと・まさひこ）

1990年生まれ。神奈川県鎌倉市出身。2017年「新芽」で第97回オール讀物新人賞を受賞。本作がデビュー単行本となる。

運《はこ》び屋《や》円《えん》十《じゅう》郎《ろう》

二〇二三年六月一〇日　第一刷発行

著　者　三《み》本《もと》雅《まさ》彦《ひこ》

発行者　花田朋子

発行所　株式会社 文藝春秋
〒一〇二-八〇〇八
東京都千代田区紀尾井町三-二三
電話　〇三-三二六五-一二一一

印刷所　凸版印刷

製本所　凸版印刷

DTP組版　言語社

ISBN 978-4-16-391705-4